COURT VÊTUE

MARIE GAUTHIER

COURT VÊTUE

roman

GALLIMARD

« Légère et court vêtue elle allait à grands pas. »

Jean de La Fontaine

Lors de son arrivée, la maison était vide. Félix était entré en vitesse avec son sac. Il allait manger, dormir, habiter ici alors qu'il n'y connaissait personne. Il avait monté ses affaires à l'étage, comme le type le lui avait demandé, et en descendant il s'était arrêté au milieu de l'escalier. Les murs, les bruits lui étaient étrangers. Pourtant le moteur de la voiture tournait encore dans la cour. Sa mère, sur le point de partir, parlait avec l'homme. Dehors rien d'essentiel n'était en jeu. Juste des serrements de main. La chose importante c'était que la voiture allait redémarrer. Félix et sa mère ne s'étaient pas vraiment dit au revoir. Elle ne lui courait plus après pour l'embrasser. Ils ne faisaient plus ça. Elle ne le cherchait même plus des yeux. Du moment qu'il était arrivé à bon port, tout était bien. Elle avait prolongé encore un peu la conversation puis Félix avait entendu claquer la portière. Il se sentait un peu perdu parce qu'il n'était jamais venu dans ce bourg. Si on l'avait déposé là, quelqu'un viendrait le chercher.

Quelques jours auparavant on lui avait demandé de remplir des formulaires et fait miroiter un avenir. En tout cas finis les courses avec sa mère, les jours de pluie, les temps longs à l'attendre dans la voiture sur le parking des grandes surfaces.

Ce genre de malaise allait disparaître. Il ne le gênerait plus. Le départ de sa mère en coup de vent avait balayé la maison familiale remplie d'enfants. Il allait pouvoir respirer. L'homme de la cour, après avoir écrasé son mégot avec le pied, lui avait dit qu'il reviendrait s'occuper de lui. Une grande fille aux cheveux clairs et ébouriffés était passée sans dire un mot. Revenue sur ses pas, elle lui avait montré la cuisine, le séjour avec son buffet sombre, sa table de ferme, son canapé en velours râpé. À l'étage, des chambres et encore des chambres, la salle de bain et les w-c. Dans le couloir du haut elle lui avait dit *Je m'appelle Gil* et s'était sauvée. Félix sentait qu'il pourrait vivre sous ce nouveau toit, se plaire dans cette maison étrangère, oublier la sienne, oublier les parents. Il serait un visiteur sans identité, venant de nulle part avec seulement un sac et un bout de papier dans la poche. Il allait profiter de n'avoir plus de passé. Sa vie commencerait maintenant. Il voulait sortir de l'enfance, se détacher de ceux qu'il avait connus jusque-là, défaire les liens.

Même après quelques jours, l'homme, qui déjà n'avait eu que peu d'échanges avec sa mère, ne lui avait guère posé de questions. Il avait une tête ronde, des cheveux abondants et des yeux clairs. Debout dans la cuisine, sa grosse ceinture de cuir lui collait le polo au ventre. Pantalon marron, veste épaisse brun roux en toile. Musclé, un peu lourd, il avait un regard embrumé et doux. Il souriait volontiers. Après le déjeuner il fumait une Gitane maïs, le mégot faisait des va-et-vient sur sa lèvre inférieure tandis qu'il bafouillait des bouts de phrases entre les bouffées. Il se servait volontiers un coup de blanc qu'il buvait en deux lampées, avant de rincer le verre d'un revers de doigt et de le reposer sur l'égouttoir. Félix se concentrait au niveau du mégot, parce qu'il attendait une indication sur le travail à faire. Il fallait peut-être qu'il saisisse des instructions dans les bredouillis. Appuyé au mur, le père au mégot rejetait la fumée en faisant des ronds. Finalement il écrasait sa cigarette dans le cendrier en verre sur le coin du buffet.

Tout était un peu flou dans la tête de Félix. On l'avait mis là parce qu'on ne savait trop quoi faire de ce corps maladroit d'adolescent. De l'avis de tout le monde il était fait pour le dehors. La conseillère d'orientation avait suggéré l'apprentissage. Félix s'était donc retrouvé chez ces gens. Il allait découvrir un travail au grand air. Le type au mégot était censé lui enseigner un métier. Au début, il lui a surtout montré le café. Ils y passaient en vitesse le matin et y restaient plus longtemps en fin d'après-midi. Il y avait des moments amusants, d'excitation : les gars, les verres, la joie d'être là ensemble. La salle était étouffante. L'alcool qui arrivait allait changer quelque chose, apporter du nouveau. Les hommes au comptoir plaisantaient tout le temps, étaient toujours en train de se faire des accolades et de dire des choses compréhensibles que pour eux. Des borborygmes. Impossible de savoir si c'était vraiment important. Si c'était sur la vie, sur le bourg, sur le travail, si ça concernait l'apprenti. Félix se demandait s'il était réellement là pour apprendre quelque chose. Ces messes basses de comptoir le faisaient douter. Peut-être qu'il était juste mis à l'épreuve. Ça ne paraissait pas sérieux. Les gars se moquaient de lui parce qu'il avait encore l'air d'un gamin. Pourtant il riait, même aux blagues improbables. Comme le vin le sonnait, il faisait semblant. Il trempait à peine ses lèvres dans le verre. Il aimait bien. Son avenir c'était peut-être de goûter du vin blanc dans ce café. Dans la camionnette, le père au mégot le faisait grimper à sa droite et lui répétait qu'il voulait lui apprendre le boulot. En fait il lui demandait d'enlever les fleurs fanées du monument aux morts, de balayer les marches de la mairie, de porter des bidons graisseux qui sentaient l'essence. Après avoir donné ses instructions le père au mégot s'endormait sur un banc. Mais sous la casquette ça pouvait ne pas se voir.

Félix avait quitté ses parents, mais il ignorait pour combien de temps. Rien n'était prévu pour la rentrée.

Il avait atterri dans cette maison dont seule une partie était occupée. Derrière une porte au fond du couloir il y avait un grand vide. Ces gens n'en faisaient rien. Peut-être une ancienne grange qui s'ouvrait sur la cour. Ces vieilles maisons ont souvent des traces un peu douteuses, comme des taches d'huile sur les murs qui font entrevoir des vies passées, plutôt inquiétantes. Des signes de bagarre, des choses vaguement sinistres. Dans le plafond, une marque de sang dont la couleur a passé avec le temps, juste au-dessus de la tête de Félix. C'est là que les fantômes vivent, qu'ils luttent la nuit, à coups de lampe à pétrole. Félix dormait contre ce vide, sans savoir ce qu'il y avait dedans. Au petit matin les poutres craquent, la roche grince. Mais vaste, trapue, immense, cette maison-là faisait face. Félix n'avait jamais dormi dans si grand. Il ne savait pas trop où il était.

En ce début de matinée il attendait le père au mégot sans savoir combien de temps ça allait durer. Il avait ouvert le frigo pour regarder ce qu'il y avait dedans. Les crèmes dessert le tentaient mais il avait résisté. Devant la fenêtre passaient les camions-bennes qui charriaient du gravier *De l'entreprise à l'Émile* avait dit le père au mégot. Ils faisaient un bruit d'ennui qui durait toute la journée. Félix avait eu envie de retourner dans sa chambre. En chaussettes, il avait glissé sur le bois verni, raté une marche et l'escalier s'était mis à geindre. Aussitôt le chien avait rappliqué. La fille le lui avait présenté comme un mélange d'il ne savait plus trop quoi. Félix s'entendait bien avec les chiens, on s'entend toujours bien avec le chien. Dodo le regardait avec ses yeux noirs et humides. Il aurait voulu qu'on le sorte. Félix n'avait pas l'intention de le promener, d'affronter la lumière déjà écrasante à cette heure. Donc il l'a fait courir dans la maison. Il l'a énervé, excité, lui a fourré une chaussette en boule dans la gueule, l'a retirée, l'a lancée. Il essayait de le rendre agressif mais le chien reprenait vite son air soumis. Quand il bâillait, il montrait des dents blanches et exhalait une odeur de croquettes. Il était bonne pâte. Félix pouvait l'envoyer partout. Après avoir joué, ils se sont installés sur le lit. Le chien s'est mis en boule comme un chat. Félix aussi.

Gil était un peu plus âgée que lui. Elle bougeait tout le temps. Elle sortait, revenait en claquant les portes. Elle pouvait se déplacer les yeux fermés. Elle s'occupait de tout dans la maison mais ne parlait pas beaucoup. Elle faisait une petite moue avec les lèvres lorsqu'elle remontait ses cheveux derrière ses oreilles. Elle avait des yeux bleus, des jambes fines. Félix n'en avait jamais vu d'aussi belles. Elle avait une façon bien à elle de se tenir, à la fois droite et souple mais avec quelque chose d'emmêlé. Félix imaginait son corps sous ses vêtements tandis qu'elle mettait de l'eau à bouillir pour les pâtes et se demandait comment elle était dans une baignoire. La salle de bain était humide, chaude, sentait bon après son passage. Le soir, il l'entendait monter l'escalier, caresser le chien, se coucher. Ce n'était pas le vin blanc au café, ni les bouts de terre accrochés aux godasses, ni le monument aux morts à nettoyer qui plaisaient à Félix. C'était autre chose. Il aimait bien entendre passer la fille avec le chien qui marchait derrière elle la gueule ouverte en soufflant.

Félix se demandait si la fille ébouriffée rentrerait bientôt, si elle l'accepterait dans la maison. Aujourd'hui malgré la chaleur extérieure il faisait frais. La grande et la petite aiguille allaient bouger, ça allait être l'heure du déjeuner. À son retour, en général, Gil se déchaussait pour enfiler des espadrilles rouges décolorées. Elle aimait aussi marcher pieds nus. Félix adorait le bruit de ses pas sur le bois et sur le carrelage. Assis les bras croisés sur une marche de l'escalier, il la guettait. Soudain elle était là devant lui. Elle plantait ses yeux dans les siens. Félix se sentait démuni. Le coup d'œil de cette fille c'était quelque chose. Il ne savait jamais ce qu'elle regardait : sa tenue de travail, ses godillots, ses mains. Elle ne demandait rien, ne disait rien. Apparemment son attitude signifiait qu'il avait sa place ici. Ensuite très vite elle montait dans sa chambre pour en redescendre tout aussitôt. Cette agitation montrait qu'elle était happée par des choses plus importantes.

Au début, parce que Gil enfilait une blouse claire, Félix croyait qu'elle partait encore pour l'école. Mais elle ne se dirigeait pas vers l'arrêt du bus et ne portait pas de cartable. Elle marchait avec assurance au milieu de la chaussée. Elle avait sans doute une vie en dehors de la maison. Il devait se passer plein de trucs durant la journée, parce que le soir, les vêtements d'écolière ne semblaient plus vraiment des vêtements d'écolière, ils n'avaient plus la fraîcheur que Félix avait remarquée le matin. La blouse, légèrement froissée, n'avait plus rien d'un uniforme. Et lorsque Gil redescendait de sa chambre apparaissaient des colifichets, des bracelets et des rubans de couleur et aussi du fard sur les paupières et du rouge à lèvres. Félix se demandait si elle allait ressortir, si elle rentrerait tard. La présence du canapé à l'aspect solide le rassurait.

En fait elle travaillait à la supérette tout au bout de la rue commerçante. Elle embauchait tôt le matin. Le patron lui avait demandé de porter des chaussures blanches dans le magasin. Elle avait choisi une paire de Scholl à la pharmacie. Le modèle plage l'avait séduite. Ils lui avaient dit là-bas que c'était bien pendant les grandes chaleurs et pour les gens qui sont toujours debout. Le gérant avait exigé qu'elle les garde bien propres. Avec la blouse de la supérette trop grande pour elle, Gil était très jolie. Elle faisait bien son travail, le ménage, tout ce qu'on lui demandait. Elle passait la serpillière sur le sol du magasin, rangeait dans les rayons, tenait propre la caisse enregistreuse. Elle savait taper sur le clavier, rendre la monnaie mais c'était le gérant qui s'occupait de la recette. Elle, tant qu'elle nettoyait bien, tant qu'elle était à l'heure, tant qu'elle était jolie, polie, ça allait. À ranger le temps passait vite. Elle s'apercevait que l'heure tournait à l'affluence de midi. Au moment de partir le patron la faisait passer devant lui et donnait un tour de clé. Il disait *À tout à l'heure.* Pour l'instant elle ne quittait pas sa blouse avec l'étiquette du magasin cousue dessus. Elle l'enlèverait pour mettre un tablier avant de cuisiner car c'était la seule femme de la maison. Elle rentrait pour préparer le déjeuner, c'était elle qui faisait à manger. Elle ne s'apercevait pas des longues journées. La fatigue elle ne connaissait pas. Félix savait maintenant où elle allait. Il la voyait partir le matin, rentrer à midi, y retourner, et rentrer à nouveau le soir. C'était comme ça tout le temps, pour ceux qui y faisaient attention.

Le gérant a une chemise blanche à manches courtes, des bras épais d'homme, des mains d'homme. Un cou élancé. Une ceinture en cuir noir retient un pantalon à plis, repassé, beige clair qui moule des fesses plates comme deux pans de manteau et casse sur des souliers en pointe parfaitement cirés. Jolis souliers élégants qui crissent sur la surface carrelée du magasin. Les poils des mains arrivent jusqu'aux poignets. À gauche il y a une montre, à droite, une gourmette en argent gravée JACKY. Avec l'inclinaison des bras en V, on aperçoit la peau blanche et charnue des aisselles. Quand il va chercher quelque chose en hauteur dans un rayon, la chemise entrebâillée laisse voir une touffe de poils qui fait comme un trou noir. Tout près ça sent le déodorant, plus près encore la sueur. Le gérant a les cheveux brillants, le corps nerveux, solide. Rien ne dépasse. Les muscles pectoraux un peu forts donnent de l'importance à sa chemise. Au cou il porte une chaîne assortie à la gourmette. Avec deux boutons du col défaits, il affirme sa décontraction. Les mains sur les hanches est une position qu'il prend pour superviser la petite surface, veiller sur les allées, parler aux gens, à son employée. Mais lorsqu'il se sent regardé il baisse les bras. Son bureau est au-dessus de la boucherie, protégé par une vitre qui donne sur le magasin. Il s'y regarde souvent. Dans celle de l'armoire à piles aussi, ou dans le petit miroir fendu, accroché au mur dans l'annexe. Histoire d'aplatir une mèche, de s'assurer de l'éclat de ses yeux noirs, de la ligne de sa moustache. Il veut que tout soit en place, sans tache. Il faut entretenir ce corps et ce magasin. Il a des cahiers, des registres, un ordinateur. Sa bouche fine et longue s'humecte lorsqu'il parle aux clients, aux fournisseurs, aux livreurs. Il emmagasine les marchandises, organise des promotions, fait en sorte que tout reste attirant, frais. Un coup d'œil en coin dans la vitre et il devient disponible, concentré. La quantité des articles, le cliquetis de la gourmette, le sol javellisé, la baie vitrée, le pantalon, la chemisette sont magiques pour Gil. Ça a quelque chose d'immuable, de rassurant.

Si Gil voyait encore le car scolaire à l'arrêt de bus avec les filles en jupe dedans, elle n'y montait plus. Elle avait commencé un travail et découvert une certaine réalité en regardant des revues qu'elle avait chipées dans un hangar. Avec l'absence de vêtements, elle connaissait maintenant la liberté des corps. Elle avait allumé la télé tard dans la nuit et observé les animaux dans la nature. Elle avait voulu voir comment c'était et elle avait vu. Elle n'avait pas reculé lorsque c'était brutal. Un chien et une chienne étaient passés sous son nez, accrochés l'un à l'autre, comme perdus, à hurler que ça en faisait mal au ventre. Ils marchaient hagards, en crabe, sans savoir où aller. Gil voulait comprendre cette chose-là, se tenir prête, plonger dans cette douleur, l'expérimenter. Malgré sa patience à épier elle n'avait jamais entendu que des cris et des gémissements. Les gens ne se donnent pas à voir. Elle, ça ne l'aurait pas gênée d'être vue. Elle aurait vraiment aimé en surprendre deux dans le fond d'une grange remplie de foin. Certes elle imaginait facilement les fesses et les va-et-vient. Avec leurs filles nues, leurs vêtements excentriques, leurs positions érotiques, les revues et les films l'avaient informée, avaient changé un peu la face de son monde. Ces images en réalité étaient beaucoup plus violentes que la vue des animaux en train de s'accoupler. Pourtant il n'y avait pas de souffrance dans ces photos. Les corps nus remplissaient des pages et des pages de magazines, s'agitaient à la télé mais en fin de compte tout s'interrompait. Les revues se refermaient, le film avait une fin, quelqu'un entrait dans la pièce. Il y avait alors un temps mort, quelque chose d'inassouvi, d'inatteignable. Gil avait néanmoins vu comment c'était. Ni les animaux ni les revues ni la télé ne la trahissaient.

Il y avait eu un premier épisode en plein après-midi dans une chambre d'hôtel toute claire malgré les rideaux tirés. Elle donnait sur une rue où on entendait le grondement des camions. Le type s'était lavé, avait plié son pantalon avec soin. Gil était restée debout bras ballants sans trop savoir quoi faire en attendant qu'il ait fini. Ensuite il l'avait déshabillée, avec ordre. Méticuleusement. Il sentait le savon. Il avait ôté doucement le tee-shirt et la jupe. Gil s'était retrouvée en sous-vêtements. Elle n'oublierait pas ce que ça lui avait fait de se retrouver en sous-vêtements dans une chambre d'hôtel en plein après-midi avec un inconnu. La forte impression de nudité qu'elle avait eue. Ensuite il avait dégrafé le soutien-gorge, fait glisser la culotte le long des jambes et dit *Maintenant tu peux aller te laver*. Il l'avait regardée gentiment pendant qu'elle s'essuyait devant le lavabo. Puis il lui avait ordonné de se laisser faire. C'était comme si elle avait quitté son corps, comme si elle l'abandonnait, qu'elle en cédait l'usage, la propriété. Elle n'avait pas résisté parce qu'elle avait accepté de venir dans la chambre. Elle ne savait pas comment s'y prendre. Personne ne le lui avait appris. Elle n'avait pas fait semblant. Il lui avait embrassé tout doucement les seins, le ventre plusieurs fois. Elle n'avait pas bronché. Il avait été soigneux, propre. Elle se demandait si ça serait toujours comme ça, s'il voudrait recommencer avec elle, si elle-même recommencerait avec d'autres, si elle aurait toujours cette agréable sensation de nudité, si elle se sentirait toujours aussi nouvelle après. Elle avait décidé de réveiller son corps, un type le lui avait révélé. Elle était venue vers lui lentement et ça s'était passé. Une fois la chose faite elle n'était pas partie tout de suite. Seule, elle était restée assise nue sur le lit à écouter les bruits qui venaient de la fenêtre, à ne ressentir que ça. Ce qui devait se passer avait eu lieu. Elle n'avait pas vraiment le souvenir des mains sur son corps, son corps entier s'était donné. Quelque chose d'elle avait été pris, elle ne savait pas trop ce que c'était mais elle en était allégée, débarrassée. Il avait suffi de s'en remettre aux mains propres d'un employé de passage pour être allégée de sa condition. Pour trouver la légèreté. Les mains de l'homme, son corps, avaient réussi ce prodige-là.

Gil avait dit *Viens. Ben viens.* Ce n'était pas un ordre, c'était normal. Félix devait obéir. Elle s'était tout de suite mise à courir, était revenue sur ses pas, avait fait des allers-retours. Félix galopait derrière elle en plein soleil. Il ne fallait surtout pas qu'il perde ce qu'elle était en train de lui montrer : les sentiers de castine éblouissants, les petits murets autour des jardins, l'arche du pont, le cimetière avec ses cyprès, la salle des fêtes avec son drapeau. Heureusement elle avait fini par s'arrêter devant la grille de l'école pour observer les enfants du centre aéré en train de jouer. Elle avait empoigné les barreaux, entremêlé ses jambes, s'était immobilisée. L'air chaud tombait sur sa nuque et sur ses cheveux. Elle observait les mouvements, écoutait les bruits des gosses qui couraient dans tous les sens. On sentait qu'elle aurait bien voulu en faire partie, être avec eux au milieu de la poussière. Dans la cour, c'était elle qui courait, qui tombait. Elle restait la bouche entrouverte, en oubliait Félix. Elle était happée. On aurait dit qu'elle attendait qu'une animatrice veuille bien s'occuper d'elle, la fasse entrer dans une rangée, lui demande de se taire. Après le tintement de la cloche qui mettait fin aux jeux, le silence s'est installé et Gil a repris sa danse. Il fallait que Félix suive de nouveau ses jambes, sa jupe, ses Scholl. Elle courait de plus en plus vite. Félix attendait que ça se calme. Elle a tourné brusquement à droite vers la rivière pour lui montrer les coins frais, les zones d'ombre. C'était la fin. Ils sont rentrés à la maison au pas et en silence. Gil s'est tout de suite changée pour repartir à la supérette.

En chaussures blanches, avec sa blouse aux genoux, Gil lessivait le sol, déballait des cartons, remplissait les gondoles. Elle allumait la caisse enregistreuse, nettoyait le tapis roulant avec un spray et un chiffon. Quand elle n'avait pas à s'occuper des clients, elle jetait des coups d'œil sur le pantalon, les moustaches, les aisselles du gérant. Ça l'impressionnait le pantalon à plis parfaits, la gourmette, le crissement des chaussures. Elle aimait la couleur de ses chemises. Les inflexions de sa voix la troublaient. Il lui semblait fin, brillant, intelligent. Elle ajoutait des sous-entendus à ses paroles, des subtilités, magnifiait ses gentillesses, ses délicatesses. Il tenait propre la supérette pour elle, il aimait la propreté, elle aussi. Tout ce qui était éclatant dans le magasin c'était pour elle, elle participait au succès. Elle faisait du bien à la petite surface. Dès le départ elle avait adoré cette netteté, la bonne odeur dans les rayons. Le gérant lui montrait qu'il l'appréciait par un sourire, par un mot gentil. Il la faisait exister. C'est pour ça qu'elle y retournait avec plaisir, elle savait qu'elle était attendue. Les vitres, la vitrine, les lumières la rassuraient. Ainsi que la petite loge au-dessus de la boucherie. Et au rez-de-chaussée l'annexe, au rideau gris coulissant avec de fausses fenêtres, où atterrissaient tant de cartons et de marchandises. Il y faisait plutôt sombre et frais, ça facilitait ce qui s'y passait. Dans le reflet de la vitrine elle regardait ce corps d'homme, pas très grand, bien habillé. Elle voyait la pointe de ses cheveux sur la nuque. Elle devinait que des yeux noirs, ardents la regardaient.

C'était un bourg important. Il y avait des maisons basses mais aussi des immeubles de plusieurs étages. La route très ensoleillée longeait un des murs de cette demeure qui avait été construite dans un renfoncement. Un arbre avait poussé au fond de la cour devant le hangar. À angle droit l'axe principal ressemblait à une tranchée. Des pavés mais peu de gens. Il n'y avait que le soleil et les murs de pierre. Sur la nationale les voitures et les camions faisaient un ronflement continu qu'on entendait dans la cuisine au cours de la journée mais aussi la nuit dans les chambres. À certaines heures les maisons de la rue commerçante, qui traversait le bourg jusqu'au pont, puis jusqu'au camping, paraissaient vides. Ces voies, pleines d'intersections, Félix les arpentait en long et en travers, pourtant il n'y croisait que très rarement quelqu'un. L'église, des façades, rien d'autre. Personne aux fenêtres. Apparemment tout le monde était parti pour l'été. Peut-être jamais personne n'avait vécu là, sauf eux. Depuis quand d'ailleurs ces deux-là étaient-ils arrivés ici. Comment débarquait-on dans un bourg inconnu? Rien derrière ces murailles. Seule Gil officiait dans son supermarché. Quant à Félix il ne pensait plus qu'à sa pelle et au soleil. Le père au mégot lui faisait creuser un trou, en remplir un autre. Drôle de vie qui le laissait en nage, aveuglé, dans l'odeur de sueur et de goudron. Quand il en avait assez il s'asseyait par terre. Il attendait.

On avait prêté à Félix des pantoufles. Il les laissait dans l'entrée en partant. Si Gil les voyait, ça voulait dire que Félix était dehors sinon il était là en train de s'étirer en faisant craquer ses jointures sur une marche de l'escalier. À cause de sa petite taille et de ses mains solides, avec sa peau hâlée, ses cheveux châtains, son largeot noir, il ressemblait à un vrai apprenti. Lorsqu'elle le regardait, il se passait la main sur la joue ou sur le front pour rien, pour faire quelque chose. Elle avait souvent l'impression qu'il n'allait jamais bouger. Mais finalement les travaux de la route et la camionnette le réclamaient. Pour elle sans aucun doute c'était un garçon mais encore une sorte d'enfant. Il dégageait une odeur de savon, de cambouis, de terre, de branches coupées, et aussi celle plus acide de la benne pleine de chiffons et de bidons. Gil aimait le retrouver sur sa marche en train de paresser. Pour elle il avait quelque chose de doux, comme un ours en peluche.

À midi au bord de la route de campagne qui menait aux fermes il n'y avait pas beaucoup de bruit. Juste quelques rares voitures. Au loin on entendait les grillons. Le père au mégot avait déplacé le véhicule pour sortir les pelles, les pioches, le motoculteur, puis il s'était allongé dans le fossé, à l'ombre d'un arbre. Sa casquette lui était tombée sur les yeux. Dans cette position, il allait dormir profondément. Le coup de blanc plus le soleil donnaient ça. L'adulte était invisible. En passant les automobilistes ne voyaient que Félix assis près de la camionnette garée n'importe comment. Il veillait sur le père au mégot et faisait attention aux outils. Il attendait que ça se dissipe, toutes ces brumes, que ça redevienne clair. Ça durait le temps d'une longue, longue sieste. Quand le père au mégot commençait à ronfler ça annonçait la fin. La vie allait reprendre petit à petit. Soudain Félix apercevait Gil. En fait c'était une femme bien plus âgée qui marchait sur la route, la tête droite, les yeux plissés à cause du soleil. Quant au cantonnier et à son apprenti, il leur restait du travail avant la tombée du jour. Il ferait moins chaud, ils respireraient moins les vapeurs de goudron. Ils rentreraient parfaitement sobres à la maison.

Puisque sa fille ne viendrait pas déjeuner, le père au mégot avait envoyé Félix faire des courses. À l'intérieur de la supérette, les yeux bleus de Gil, sa tenue de vendeuse, ses cheveux blond doré en chignon, son assurance faisaient rougir Félix. Ses hanches qui naviguaient sous la blouse le décontenançaient. Son autorité dans la boutique le laissait sans voix. Devant le rayon boucherie, il avait du mal à articuler *Deux tranches de jambon.* Il en oubliait même la suite des courses à cause du regard aigu de cette fille. Elle gardait ses mains sur le rebord de l'étal et attendait. C'était comme un jeu cruel. Pourtant leur différence d'âge n'était pas si grande. Ils avaient tous les deux encore un peu d'enfance mais les visages étaient bien différents. Hors de la maison lorsqu'ils se rencontraient, Félix était gêné et souriait maladroitement. De retour à la caisse enregistreuse, Gil lui rendait la monnaie en vitesse. D'autres clients arrivaient, il fallait s'en occuper. Félix aimait bien cet endroit mais il en ressortait les joues en feu.

Il avait brusquement envie de vieillir, d'aller vers le jour, vers le midi, vers les cinq heures, quand la lumière serait au plus fort. Il n'avait jamais baigné dans sa propre sueur comme ça, tous les jours, en se tire-bouchonnant au soleil des heures durant. Vêtements collants, cheveux trempés, nuque dégoulinante. Il acceptait tout, il le voulait, il laissait faire ce qui était en route. Le temps passait, les jours de labeur, les jours de soleil. Il pensait motoculteur et faucheuse. Les vibrations des machines lui blessaient les doigts, lui cassaient le dos. L'odeur du bitume lui irritait les narines, le prenait à la gorge. Le manche des outils marquait la paume de ses mains. Il manquait de sommeil, il avait des courbatures. Mais il devenait robuste. Il soulevait plus facilement le baril de désherbant. Il avait toujours faim. Ses membres changeaient, s'allongeaient, ses muscles devenaient plus marqués. Il se desséchait dans l'air brûlant telle une brique de terre. Il prenait plaisir à ce travail malgré les horaires hasardeux, les changements de programme, l'indécision du père au mégot qui pouvait rester de longs moments immobile, le regard fixé sur le goudron. Félix avait maintenant un but, une raison pour ces exercices sous un soleil de plomb. Il sentait vivre son corps tout à coup tandis que le désir irriguait son sang. De nouvelles pulsions naissaient parmi les odeurs d'herbes coupées.

Gil et son père n'étaient pas de ce bourg. Il y avait une grand-mère espagnole d'un côté, mais eux étaient arrivés du nord. C'était le veuf et sa fille. Mais à cause de leur présence dans cette maison depuis des années, ce n'était plus le veuf et sa fille, c'était le canto, pour le cantonnier, tout le monde savait ça. Même pour Gil c'était le canto. Les gens les acceptaient. Eux ne prêtaient aucune attention aux racontars, aux petites curiosités, aux commérages. Le père au mégot ne disait rien, il souriait. Gil, chaque jour, en apparence allait travailler à la supérette. Ses déplacements captivaient Félix.

Dans ses bagages il avait emmené un jean, un sweat, un K-way, des sous-vêtements de rechange, quelques bouts de ficelle et une minuscule toupie représentant la tour Eiffel. En général il enfilait n'importe quel tee-shirt et son largeot. C'était tout simple, c'était sa tenue. Les vêtements étaient souples et doux, Félix bougeait bien dedans. Quand il les mettait, ils lui procuraient la même sensation que celle ressentie par un chiot qui souffle après la tétée. Le petit texte qu'il aimait était toujours fourré dans la poche arrière de son pantalon. Pendant les longues stations à attendre sur une marche de l'escalier ou sur le canapé du séjour, il faisait craquer par habitude ses os en s'étirant. En revanche au retour, après le travail à l'extérieur, il regagnait vite sa chambre en chaussettes. Il se sentait protégé par les murs épais de la maison. Il aimait leur solidité. Il commençait à se sentir chez lui. Il était encore parfois pris de vertige mais il tenait le coup. Quand il passait devant la glace, il voyait un visage aux joues pleines avec une masse de cheveux châtain clair.

Quand il était lavé, habillé, nourri, il suivait le père au mégot. Pour déblayer, balayer, ramasser les gravats, il enfilait comme lui une paire de gros gants de travail. Il avait toujours su imiter les adultes, faire ce qu'on attendait de lui. Mais personne ne lui avait jamais dit où ça le mènerait. Du moins il n'en avait aucun souvenir. Parfois il se demandait ce qui leur avait pris à l'école de l'envoyer là. Qui leur avait mis ça dans la tête aux parents. Sa mère ne prenait jamais de décisions, elle ne faisait qu'écouter les professeurs. Félix suivait, il avait toujours suivi. Il ignorait pour l'instant combien de temps il resterait ici. Quant à la fille du cantonnier personne ne savait pourquoi elle avait interrompu sa scolarité. Gil devait s'attendre à ce qu'il se passe quelque chose, elle espérait s'échapper un jour. Pour les jeunes qui avaient continué leurs études, c'était plus simple. Ils partaient en vacances. Félix dégageait des routes. Gil allait à la supérette. Eux étaient condamnés au bourg, ils y étaient collés. Ils auraient bien voulu être au bord de la mer par exemple ou à la montagne. Le matin dans la pénombre de la cuisine, Félix n'aurait pas eu le bourdonnement des camions dans la tête. Il n'aurait pas eu ce corps courbatu à force de bêcher dans le cimetière ou à côté du monument aux morts. Gil n'aurait pas été transie de froid dans les rayons réfrigérés du supermarché. La piscine était loin, ils ne pouvaient pas y aller à pied. Le soleil, sur les murs blancs des maisons vides, étourdissait. Félix attendait, regardait passer les camions, épiait la chambre de Gil.

Pendant les heures creuses, dans la réserve à marchandises, le gérant prend Gil. C'est mieux quand la supérette est fermée, mais alors ils manquent de temps, lui à cause de sa femme, Gil parce qu'elle doit préparer le repas. À certains moments seules quelques mémés font leurs courses. C'est lent les mémés, c'est un peu sourd. Du fond du magasin après le bruit de la porte, on surprend leurs chuchotements. Puis elles cherchent à voix haute dans les rayons, demandent s'il y a quelqu'un. En attendant qu'elles choisissent, qu'elles s'agitent, on a bien le temps. Elles ne s'impatientent pas. Il y a aussi des instants où personne ne vient. C'est comme un lieu fantôme, la musique dans les allées, la sensation de froid. Le gérant a rasé sa moustache. Ça l'a rajeuni. Il ne se ressemble plus. Ça ne change rien à l'affaire. Il avait regardé les hanches de Gil, il avait touché un peu pour voir. Elle n'avait rien dit. Elle avait juste dû se gratter le cou comme elle fait toujours, remettre en place ses cheveux. Il avait senti que c'était bon, que ça n'allait pas lui résister. Il s'étonnait que ce soit si simple, c'est qu'il n'aurait pas voulu prendre trop de risques tout de même. Il ne s'était jamais vu en conquérant, en tombeur de filles.

Il s'était passé et repassé la main dans les cheveux. Il n'aurait pas cru qu'il pouvait séduire si facilement. Il avait quand même rougi en lui empoignant les fesses. Il s'était attendu à une rebuffade, une gifle, des cris, peut-être la honte publique sur la voie principale du bourg. Mais il avait senti qu'il pouvait y aller par petites touches, par petites avancées. C'était un terrain possible de conquête. Pourquoi pas lui. Pourquoi pas lui dans son petit magasin propret, parfait, respectable. Pourquoi il ne pourrait pas régner sur ce terrain-là. Il aurait tout, le magasin, et puis une joie en plus. Posséder quelque chose dans l'arrière-boutique. S'emparer d'une femme. Ouvrir un territoire inconnu dans la réserve à l'heure où il ne se passe rien, à l'heure des mémés. La fièvre s'emparait toujours de lui d'un seul coup. Ça avait été facile, rapide, très bon. Il ne fallait pas être pris tout de même. Faire attention aux mémés, rester sérieux devant elles, se méfier des médisances. Et aussi plier devant l'épouse, ne plus exister devant l'épouse, qui parfois venait faire sa ronde au magasin. Il se montrait alors doux comme un agneau. Il parlait avec une délicatesse infinie, toute nouvelle, bien loin de son vocabulaire de la réserve. Il était toujours très gentil après avoir été surexcité. Il redevenait calme parce qu'il y avait les stocks, l'épouse, les grands-mères, le commerce. Aussi lorsque ça arrivait c'était toujours au même endroit, bien configuré. Que ça ne dérape pas. La porte de la réserve, une espèce de bâche en plastique gris, restait descendue, entrouverte.

Parfois dans la journée Gil revenait pour se rafraîchir, se maquiller. Dans sa chambre elle allait et venait en sous-vêtements. Elle sentait bon. Dans ces moments-là elle sautait le déjeuner. Le père au mégot faisait cuire un steak. Sa fille était là-bas, au loin. Quand elle rentrerait au milieu de la nuit, l'escalier se mettrait à grincer. Elle avait eu chaud sous sa robe claire. C'était l'été. Elle s'était retrouvée dans des sentiers en plein champ, dans des hangars. Peut-être dans d'autres bourgs, dans des appartements en ville ? Allez savoir. Elle avait suivi la rivière, la route goudronnée. À croire qu'elle naviguait dans tout le département, qu'elle pouvait aller partout, qu'elle ne connaissait pas de frontières. Toujours à avoir chaud, à attendre debout, à descendre d'une voiture, à disparaître avec des employés, des types endimanchés pour le bal. Toutes sortes de pantalons, de jeans, de vêtements de travail. Des jeunes, des moins jeunes, de passage. Gil était comme un aimant. On la trouvait facilement. Elle était le centre du bourg, le centre de tout. C'était agréable d'entrer dans son magasin, d'y trouver du frais, une fille. Une chose toute simple à faire dans ce coin où il n'arrivait jamais rien. Sauf l'église qui sonnait ses cloches on ne savait pas quand, au hasard. Alors c'était possible dans une allée, dans n'importe quelle allée. Ils le sentaient bien les gars. Il fallait avoir un peu de jugeote, attendre le bon moment, convenir d'un rendez-vous. Ça se faisait au milieu de nulle part, au milieu de nulle part justement c'était possible. Gil était trouvée, c'était bon qu'elle soit là pour tous. Elle ouvrait une brèche dans le conformisme du bourg. Il faisait chaud, c'était le divin été. Ils étaient contents d'être passés par là, pour une course, sur le chemin du bal, pour sauver un samedi perdu. Certains revenaient, à l'occasion, une ou deux fois, avant l'oubli, avant une femme, une vraie, pour les tenir. C'était léger. La vie circulait librement. Elle était pleine de rayons, d'étalages, de fraîcheur, de rivière, de soleil. C'était ouvert en grand. Ils étaient là les représentants, les gars qui traînaient au bistrot. Certains auraient bien voulu la retenir, la saisir. Mais non ça ne se laissait pas prendre. Et toujours en fin de compte à revenir à la maison, pour vider les cendriers du père au mégot, passer l'éponge sur les meubles, enlever la poussière, ranger la vaisselle avec soin dans les placards. Dans la pénombre de la cuisine elle mettait de l'ordre. Que la table soit débarrassée, qu'il n'y ait plus de miettes sur le sol. Quand c'était propre elle pouvait s'enfuir de nouveau.

À la cuisine elle était parfois pieds nus dans des sandales à talons. La marmite bouillait, la vapeur se collait aux vitres. Il y avait des faïences brunes au mur, un carrelage un peu plus clair au sol. Toujours la même chaleur. Gil relevait la tête et riait soudain en découvrant ses dents. Elle égouttait les pâtes. Le père au mégot et Félix s'asseyaient à la table. Elle les servait en silence. Ils avalaient leurs spaghettis parmi les bruits de couverts. Le chien était là aussi et couinait de temps en temps. Tout était parfait. Le regard de Félix passait des chaussures aux cheveux ébouriffés, à la bouche rouge clair et au petit bout de langue qui dépassait de temps en temps. Le repas fini le père au mégot se levait, donnait une caresse au chien et disparaissait.

Gil, lorsqu'elle rentrait, gardait encore quelque chose de la climatisation du magasin. Félix qui avait eu trop chaud aurait voulu la prendre dans ses bras pour la réchauffer. Il sentait qu'il aurait exécuté toutes ses volontés, même après sa journée en plein soleil qui l'avait éreinté. Il aurait accepté de cuisiner, de faire le ménage à sa place. Il avait peur qu'elle ne lui glisse entre les doigts. Dès sa sortie du magasin, elle retrouvait son ascendant sur lui. Il était le petit brun qui sent le goudron. Après le froid de la supérette, elle appréciait l'odeur du dehors, la chaleur qu'il ramenait. Elle l'acceptait comme une chose douce, agréable. Elle aimait s'occuper de lui. Ses baskets de garçon elle les mettait dans la machine à laver, il les récupérait propres et sèches. Le linge qu'il avait entassé sur une chaise dans sa chambre, il le retrouvait plié au bout de son lit. Elle regardait avec plaisir son appétit, tout ce qu'il était capable d'avaler, sa faim vorace et joyeuse, difficile à satisfaire. Elle voulait qu'il prenne des forces. Il faisait partie de la maison. Il fallait que ce garçon-là grossisse, se sente bien. Elle était curieuse de ce qu'il aimait. S'occuper de Félix dans son pantalon noir et son tee-shirt vert à rayures qui laissait les bras nus lui plaisait. Elle se posait des questions sur le travail avec le père au mégot, comment ça se passait, qu'est-ce qu'ils faisaient, à quoi ça ressemblait. Au retour elle les regardait et se demandait d'où ils arrivaient, ce qu'ils avaient fait. Elle était contente qu'ils soient rentrés. Il avait suffi d'ajouter une chaise, de laisser une place sur le canapé, d'ouvrir une chambre, de laver des baskets, de cuisiner pour que la maison découvre une autre vie.

On l'appelait Gil pour Gilberte, Félix avait vu traîner sa carte d'identité sur le buffet de la cuisine. Elle avait deux ans de plus que lui. Gilberte Anastase Luce. Que des vieux prénoms. Gilberte, ça l'avait interloqué Félix, il ne s'y attendait pas. Un craquement au loin lui avait fait craindre d'être vu, d'être pris, le nez sur le bout de carton. Le bruit ne s'était pas répété. Gil sur la photo semblait presque une enfant avec ses cheveux plus clairs encore, sa frange, ses boucles d'oreilles en plastique bleu ciel. Félix aurait bien voulu le prendre ce photomaton, parce qu'il en avait un de lui, du même genre. Ils se seraient bien accordés. Il aurait pu les mettre avec le petit texte qu'il aimait. Cette photo, on aurait pu penser qu'elle avait été prise un jour qu'ils étaient ensemble. On y voyait ses cheveux dorés, les deux barrettes de petite fille, les boucles d'oreilles en plastique, son regard bleu nuit, avec l'orange du rideau derrière. Il ignorait bien sûr de quand datait cette photo. Il ne savait pas ce qu'elle faisait là cette carte d'identité. Est-ce que Gil allait partir. Faire un voyage. Monter dans un autocar pour l'étranger. Félix ne savait pas. Gilberte Anastase Luce. C'était n'importe quoi ces prénoms. Félix se demandait où les parents avaient trouvé ça, sans doute dans le calendrier. Elle c'était Gil. Elle avait fait valser les grands-mères, avec son diminutif, ses chemises jaune citron ou vertes, ses jupes courtes. Gil pour Gilberte. La frange au cordeau ouvrait à Félix un nouveau monde. Gilberte Anastase Luce. Différente de cette Gil de seize ans avec qui il vivait maintenant, qu'il n'osait pas regarder en face. Félix croyait savoir tout d'elle parce qu'il avait vu sa carte d'identité. Elle avait un prénom qui en jetait. Il le prononçait à mi-voix. Elle l'impressionnait. Mais au fond qu'est-ce qu'il connaissait de cette fille mystérieuse, à la vie double, celle de l'école, des bus scolaires mais aussi celle des sentiers, des talus, des chambres d'hôtel. Ses prénoms plongeaient Félix dans le passé et dans un gouffre. La maison avant lui et tout le reste. Ça lui faisait mal. C'était celle qu'il ne connaissait pas, qu'il ne pouvait pas approcher, qui ne lui appartenait pas. C'était un monde perdu pour lui qui le coupait en deux. Cette Gil-là n'était que Gilberte, un univers secret, irréel. Des prénoms dont Félix ne faisait pas partie. C'était triste à mourir. Néanmoins il la prenait tout entière la fille double, Gil la jolie et Gilberte l'inconnue. Il la laissait s'emparer de lui, le mettre à vif. Il ne pouvait pas résister. Il voulait aimer son prénom vieillot et ce qu'il englobait. Elle le bousculait, cette

Gilberte. Elle lui échappait. Il voulait Gil toujours, partout. Qu'elle soit là tout près. Mais Félix ne pouvait s'empêcher de penser à celle qui n'était plus nommée. Alors apparaissait la petite fille arrivée de loin qui se cachait dans la cour de l'école et celle qui regardait par la fenêtre dans des chambres d'hôtel.

Assise au milieu de la cuisine, Gil se faisait des tartines avec du gros pain, du beurre et de la confiture. Elle croquait tout ça en disant *J'ai trop faim.* Elle s'était mis un coup de crayon bleu sous les yeux et du rouge aux joues. La confiture faisait briller ses lèvres. C'était bizarre qu'elle mange avec un tel appétit. Est-ce qu'elle aurait aimé encore grandir. Comme Félix aurait voulu être plus grand qu'elle. Ce pain, ce pot de confiture devant elle la faisaient ressembler à une enfant. Il avait vu traîner une paire de lunettes qu'elle avait utilisée du temps de l'école. C'était des lunettes en plastique rose, rondes. Il avait tout de suite imaginé la petite fille qui les avait portées. En ce moment il avait envie de savoir le goût que ça avait au beau milieu de l'après-midi ces tartines. Elle lui a donné un bout de la sienne. Le beurre, mêlé à la confiture, était vaguement écœurant. Elle avait vraiment *une faim de tous les diables.* Il était troublé par ses cheveux lâchés, sa manière de se déchausser sous la table, de frotter ses pieds nus l'un contre l'autre. Le père au mégot était parti avec la camionnette. Félix avait dit *Oui* pour une nouvelle tartine et un bol de thé. Il ne pouvait pas s'empêcher de dire oui, de songer aux affaires de Gil, à son sac à main, à ses robes, à ses sous-vêtements tandis qu'elle croquait à pleines dents ses tartines. Il pensait aux objets qu'elle touchait pour mettre la table, la débarrasser. Gil, elle, était heureuse de la présence du garçon, des tartines beurrées, du bruit des camions, de ce goûter au milieu de l'après-midi.

Le matin quelqu'un apparaissait dans l'encadrement de la porte et criait *Félix*. Il fallait au garçon un certain temps pour reconnaître le père au mégot et comprendre les bouts de phrases que la silhouette prononçait. Il s'agissait probablement d'instructions d'un flou parfait. Une fois le père au mégot parti, Félix se levait. C'était quoi cette demande de se réveiller. Cette brutalité. Il n'avait aucune défense contre cette voix qui l'arrachait à ses rêves, qui appliquait à la lettre le rituel du matin. Il tentait malgré tout de récupérer son corps, de revenir au jour, de se réveiller mais la nuit était encore là avec ses enchantements. Félix rassemblait ses forces et se mettait debout. Après la chaleur et la mollesse du lit, le carrelage froid le faisait frissonner. Il se glissait machinalement dans son largeot resté sur la chaise, et dans le tee-shirt bleu de la veille. Il s'arrêtait un instant dans les w-c, en se frottant les yeux pour y voir clair et viser droit. Assis à la table du petit déjeuner il se retrouvait devant un grand bol de café au lait fumant. La voix qui était venue le chercher se remettait à parler. Elle était broussailleuse comme les fossés. Elle longeait déjà les routes en plein soleil. L'illusion avait pris fin. Félix ne résistait plus. Il acceptait les fossés, les haies, les bordures, même les herbes piquantes qu'il allait caresser toute la journée. Il n'avait qu'à suivre la voix, qu'à se laisser conduire hors de la maison en emmenant un peu de sa fraîcheur et un peu du corps de Gil.

Levée avant eux, vêtue de sa chemise de nuit très courte et décolletée, Gil bâillait. Le père au mégot et Félix, accoudés à la table en bois, buvaient leur café. Elle, en face d'eux, accrochait sa lessive sur l'étendage. Elle plongeait la main dans la corbeille, dépliait une pièce et la mettait à sécher. C'était des soutiens-gorge, des petites culottes, un torchon, une paire de chaussettes. Le linge sur les barres était propre, brillant, immaculé. Ça sentait bon la lessive. Gil en avait vite fini. Le père au mégot se balançait sur sa chaise, se passait la main sur la bouche. Gil tournait le tancarville, le plantait au milieu de la cuisine et partait dans sa chambre. Le père au mégot et Félix se retrouvaient avec des culottes de toutes les couleurs dans ce petit matin pas tout à fait clair encore.

Ces deux-là n'aimaient pas trop les salles de classe mais ils en avaient gardé certaines habitudes. Ils étaient toujours à l'affût des énoncés sortant de la bouche des adultes qui naguère les avaient dirigés. Félix attendait qu'on lui dise à quelle heure se lever, comment tailler, ramasser les branches, les rassembler, les charger dans la camionnette. Et au début de son embauche à la supérette le gérant avait expliqué à Gil comment rendre la monnaie, sourire, dire merci. Donc même si c'était l'été pour eux ce n'était pas les grandes vacances. On les avait plutôt abandonnés sur un rocher, comme des naufragés. En fin de compte c'était bien agréable ce soleil, avoir trop chaud, suer, se laver à l'eau claire pour se débarrasser de la crasse et de la poussière. Peu importe les levers tôt, les repas sur le pouce. Au soleil Félix respirait tout son saoul. Les autres jeunes n'étaient pas là, les autres gens non plus. Ils avaient l'impression, lui et Gil, qu'il n'y avait personne dans ce bourg. Juste des camions en file indienne.

Que pense Gil quand elle voit Félix et le regarde sans dire un mot. Qu'est-ce que c'est que ce garçon-là. Qu'est-ce qu'il fait dans la maison. À quoi il pense dans les fossés, dans sa chambre. Qu'est-ce qu'il faisait avant de venir ici. Il couche ou quoi. Apparemment il m'aime bien. En tout cas il s'entend avec le père au mégot. Elle fixe l'encolure du tee-shirt de Félix comme s'il y avait une mouche posée dessus. Félix pétrifié s'imagine qu'elle va partir à la rivière, rencontrer quelqu'un, être abordée par des ados, par des hommes mûrs. Des notables du coin qui vont tourner autour d'elle. Qu'il y aura des gestes furtifs et des soulèvements de jupe.

C'était une sorte de rêve, ça ne semblait pas tout à fait vrai. Pour le moment Gil échappait à Félix, il ne voyait pas comment la saisir. Il ne pouvait que la regarder et respirer son odeur, l'imaginer, avoir envie de l'attraper, être dans son sillage. Il aimait qu'elle ne lui pose pas de questions, pouvoir la suivre ou l'attendre sur un banc au bord de la route. Sans elle, sans sa jupe, sans ses jambes, sans ses yeux le bourg quel ennui. Gil se glissait dans sa tête, dans son sommeil. En se retrouvant dans cet endroit inconnu, il avait éprouvé une sorte d'angoisse. Tout était flou, confus. Les bruits arrivaient assourdis à son oreille. Il ne connaissait rien des commerces, rien des gens. Il était apparemment dans une vie parallèle dans des lieux étranges. Les stations dans ce café où tout le monde parlait vite au milieu du brouhaha le décontenançaient. Il comprenait mal les conversations, les rires. Les verres de blanc qu'on posait sur le comptoir résonnaient curieusement. En réalité tout était bizarre : l'escalier en bois qui grince, les cloques sur le goudron, la camionnette, le père au mégot, Gil. À cause de son travail sur les haies et dans les fossés son corps d'adolescent se modifiait au contact du grand air. Sa poitrine s'élargissait, ses bras se musclaient. Il se sentait plus agile. Malheureusement il n'était pas aussi grand qu'il aurait voulu. Depuis peu ses mouvements ralentis et souples, sa manière de se glisser comme un chat sur le canapé devant la télé n'attiraient plus les quolibets.

À midi, Gil arrivait du magasin en courant, elle mettait une casserole sur le feu et demandait qu'on enlève ses chaussures. Ça lui plaisait de préparer les repas, d'être regardée en train d'éplucher et de laver les légumes. En milieu de journée, le temps était compté. Tout à coup un semi-remorque chargé de gravier, arrêté au feu, plongeait la cuisine dans la pénombre. Félix et le père au mégot avaient ramené des herbes des fossés, elles collaient aux pantalons, aux chaussettes, aux tee-shirts. Ils étaient un peu sales et avaient faim. Gil, en préparant le déjeuner au-dessus de l'évier et de la cuisinière, donnait l'impression de jongler avec la marmite et les plats chauds. Elle repoussait ses cheveux d'un revers de main, se grattait la nuque. Que Félix soit là, derrière elle, c'était bien. Le matin il se cachait. À midi, après le travail et l'effort, il était plus audacieux. Elle prenait plaisir à le servir. Elle se réjouissait de ce rituel quotidien, de le réussir. Elle découvrait aussi l'odeur de l'herbe mêlée à la sueur sur la peau d'un jeune garçon. Elle avait peut-être envie que Félix passe tout l'été ici.

Au début Félix était maladroit comme on l'est à cet âge-là mais il en avait aussi le charme, épaules hautes et tête penchée. Il dansait volontiers d'un pied sur l'autre. Si aujourd'hui son corps lui obéissait mieux Gil le désarçonnait toujours. Une attraction semblable à la force centrifuge s'était emparée de lui. Quelque chose de subtil l'avait saisi, les vibrations des fenêtres, l'arbre de la cour, les grincements de l'escalier. En fait c'était l'accord mystérieux entre un lieu et une fille.

Ce petit matin-là était frais à en être acide. Le jour nouveau saisi si tôt faisait presque mal. Puis le soleil était monté. Félix s'était réchauffé en taillant les haies. Il transpirait même maintenant dans son tee-shirt et son largeot. Sa nuque ruisselait, sa tête bouillonnait. Il se baissait, se relevait, allait à la camionnette, prenait une pelle et recommençait sous ce soleil qui n'en finissait pas de grimper. C'était éprouvant cette lumière blanche. On manque de suffoquer. Heureusement à son retour, la maison était fraîche. Personne n'était encore rentré. Il avait bien le temps de prendre une douche avant le déjeuner. Il s'est déshabillé et a déposé ses vêtements dans le bidet. Il était couvert de terre et de poussière. Sa peau collait sous les doigts. Il était courbatu, abruti de fatigue. L'eau coulait fraîche et douce sur son corps. Au moment de sortir de la baignoire, la porte s'est brusquement ouverte. C'était seulement un courant d'air.

En début de nuit il y avait un peu de répit. Le frais, le bruit de la rivière au loin, la lune blanche et son halo, la fenêtre ouverte apportaient des moments de calme. Mais Félix attendait toujours que ça bouge de l'autre côté du couloir, dans la chambre de Gil. Qu'il y ait un signe, que ça s'anime. Mais rien. Dans ces moments-là il avait envie de se fondre dans la tapisserie, de se cacher dans le frigo. Au bout d'un moment, dans le noir, la peur s'estompait. Même s'il n'occupait que peu d'espace, il ne pouvait pas disparaître complètement. Il finissait toujours par s'endormir avec un certain espoir de conquête.

Gil avait faim tout le temps, le matin, le midi, le soir. Elle avalait son repas à toute vitesse parce qu'il fallait repartir. Félix se demandait si elle allait retourner à la supérette, obéir au gérant, mettre les produits en rayons, ouvrir des cartons. À moins qu'elle ne s'arrête une minute à la terrasse du café avant de monter dans un 4 × 4 et de se retrouver dans une chambre, dans une grange ou contre un mur. Elle éviterait bien sûr de croiser le père au mégot. Les endroits secrets ne manquent pas. Il y en a dans les fossés, dans les hauteurs à la sortie du bourg. Félix les connaît et sait que le matin Gil a dans les jambes la passion de l'été, qu'une fièvre s'empare d'elle.

Dans la banque climatisée, elle avait ouvert un compte après avoir reçu son premier chèque. L'agence était toute proche, il fallait juste marcher un peu sur le trottoir de goudron ramolli, presque blanc à cause de la poussière. Il n'y avait pas grand monde, juste les deux caissières derrière les guichets. Ça sentait l'air conditionné et la moquette. L'employé qui l'avait reçue avait été gentil, frais comme un sou neuf. Il lui avait fait signe de la main et elle s'était avancée. Ils s'étaient assis devant un bureau. Il lui avait expliqué plein de choses confuses. Gil avait signé. Elle avait sagement signé. Cet homme jeune, sûr de lui, planté sur sa chaise de bureau à roulettes, ne la quittait pas des yeux. De plus en plus de feuilles sortaient des pochettes colorées : des prospectus pour des comptes, pour des emprunts, des assurances. Gil voulait tout simplement une carte de crédit. Un truc à mettre dans les machines qui donnent de l'argent. Devant la tirette, elle lèverait la tête comme une dame, pour retrouver son code. Elle ne voulait pas de chéquier, la carte c'est bien plus facile, ça se glisse partout, même dans une poche. L'employé avait été très agréable. À la fin de l'entretien, il l'avait regardée avec encore plus d'insistance. *Je vous ai déjà vue longer la rue. Vous passez souvent par ici.* Il la dévisageait, la scrutait. Ce n'était pas fréquent une fille si jeune qui entre seule dans son agence. Visiblement il avait envie de la garder encore un moment. Il cherchait un stratagème. Après lui avoir demandé de patienter, il était allé récupérer des papiers dans un autre bureau. Gil en attendant regardait les reproductions de fleurs sur les murs recouverts de moquette. La banque ressemblait à la salle d'attente d'un cabinet médical. Le jeune employé qui portait une chemise rose à manches courtes, une cravate bleu ciel, des tennis et un anneau à l'oreille gauche était revenu en tapotant la couverture d'un dossier avec le bout des doigts. Il lui avait alors tendu un tas de feuilles et d'images *Voilà, maintenant c'est ok, ah, attendez, j'ai oublié quelque chose.* Il les lui reprenait, les relisait comme si c'était important *C'est bon, attendez, je vais vous raccompagner.* Elle avait pris les documents, il s'était serré contre elle en ouvrant la porte *La carte sera prête dans une semaine. Vous n'aurez qu'à venir la chercher, je me ferai un plaisir de vous la remettre personnellement. Demandez Julien Sorel.* Il se passait la main dans les cheveux, répétait les instructions, confirmait les délais, précisait le fonctionnement. *C'est simple, vous allez apprécier.* Il n'osait pas fixer de rendez-vous, il disait *Je compte sur vous la semaine prochaine, je vous attends.* Il était à peine plus âgé qu'elle. Elle avait regardé le sol, avalé sa salive et rougi un peu.

Le père au mégot s'était volatilisé. Il n'était pas au café. La camionnette était à l'arrêt, abandonnée dans la cour, les vitres baissées. La chaleur torride s'était infiltrée dedans. Ça sentait le foin coupé, plus du tout le bitume. Rien ne bougeait. Félix respirait l'odeur de l'été. Comme il avait eu chaud ses vêtements sentaient la sueur et l'herbe sèche, ils étaient comme une deuxième peau. Il adorait s'asseoir en plein soleil contre la façade de la maison à côté de la porte d'entrée. Alors son corps dense et compact d'adolescent malhabile se mettait à exister en relation avec celui de Gil. La fille était bien différente. Légère, agile, elle ne se déplaçait pas de la même manière, n'avait pas du tout le même poids. L'énorme masse de cheveux bouclés qui tombait sur ses épaules, ses jambes fines faisaient croire qu'elle ne pesait rien. À la supérette dans les rayons réfrigérés elle disparaissait. Seule sa tête blonde la rendait visible. Félix pensait à l'air glacé du magasin en contact avec la peau nue de ses cuisses. Gil n'était qu'un mouvement, qu'un balancement, qu'un tourbillon. Félix certes n'était pas aussi grand qu'elle mais il était plus costaud. Dans les fossés, dans la camionnette, au soleil, le front en sueur, le tee-shirt trempé, le largeot couvert de poussière il se sentait un homme. Mais il aimait rêver au non-poids de Gil, à sa manière de circuler dans la maison, à ses vêtements qui sentaient l'humide et le frais.

Elle disait *Oh ben je ne sais plus où je l'ai mise, je l'ai perdue. Où elle est.* Elle soulevait le tee-shirt, tâtait l'étoffe à l'arrière de la jupe. *Rien. Zut alors.* Elle cherchait au milieu de ses chaussures, sous le lit, dans le sac à main, de nouveau sous le tee-shirt, sous les aisselles. *Non pas possible.* Plus de trace. Ses yeux brillaient tout ronds. Elle riait. Elle s'inquiétait vaguement. *Tout de même.* Elle se mettait à faire l'inventaire de ses culottes. Elle les sortait du tiroir une à une, les prenait dans la main, les étalait sur le lit, les remettait en place. Il y en avait de toutes les formes, avec d'innombrables motifs, avec des textures différentes. La grise en dentelle, la noire avec des rayures, la violette. Certaines étaient un peu fanées à cause des lessives, les élastiques distendus par l'usage, les couleurs un peu passées. Manifestement il en manquait une. Il manquait celle qu'elle portait ce soir-là. Quand cette foutue culotte avait-elle glissé, et dans quel endroit ? Elle pourrait aller voir vers le stade, peut-être qu'elle la retrouverait. Elle l'avait sans doute laissée sur une pierre, sur un buisson, par terre. Mais à cette heure-là des pieds l'avaient sûrement écrasée, elle devait maintenant être couverte de poussière. *Voilà où elle doit être.* Donc Gil était rentrée comme ça, sans rien dessous, elle ne s'en était même pas aperçue. Elle avait marché dans la soirée chaude d'été, parlé avec des gens sans s'en rendre compte. Est-ce que ça lui arrivait le jour aussi, l'oubli sous la jupe. Il fallait que Félix participe, qu'il l'aide à mettre la main sur l'objet disparu. Une sorte de chasse au trésor, de jeu de piste allait commencer. Il voulait bien. Ils ont regardé par terre de la porte d'entrée à la chambre sans rien trouver. Ce n'était pas grand-chose vu toutes celles qu'elle avait. Elle riait encore de sa perte, là en dessous, au croisement des jambes. Elle s'est activée encore un bon moment puis elle s'est sentie fatiguée. Brusquement elle avait sommeil. Vite elle a poussé Félix dehors, c'était son lit qu'elle voulait. Maintenant il fallait se coucher. Retourné dans sa chambre, Félix éprouvait une curieuse sensation de vide.

Au tout début, elle avait hésité. Le buraliste et le receveur des Postes avaient ouvert quelque chose. Sous leurs mains son corps avait changé. Ses cheveux gonflaient mieux, elle se sentait plus grande, son teint était plus clair. Elle mordait enfin dans la vie. Elle mangeait avec un appétit féroce. Elle ne ressentait plus la fatigue comme avant. Les journées derrière la caisse enregistreuse finissaient plus vite. Ranger, frotter les vitres, piétiner dans les rayons, tout ça semblait plus court. Son esprit était ailleurs. Elle avait été bousculée par le gérant du magasin qui besogneux recommençait. Cette chose n'avait pas de fin, son corps la réclamait. Le gros receveur des Postes l'avait écrasée de son poids, le buraliste retournée. Elle s'enivrait de ce qui était possible. Ça les attirait les hommes. Elle n'éprouvait aucune gêne. De toute façon ils arrivaient facilement. Ils étaient là pour la prendre. Le matin, elle était comme neuve, le soir ses yeux étaient plus sombres. C'était elle maintenant la jupe soulevée par le vent.

Gil avait arrêté l'école l'année dernière. Mais il n'y avait pas de projets derrière. Ça n'intéressait pas grand monde. Son père avait besoin de quelqu'un à la maison pour faire à manger, le midi, le soir, aussi c'était bien mieux qu'elle soit là. Elle avait rassemblé ses affaires, des babioles qui rappelaient la petite élève, des Bic, des cahiers, son dictionnaire, tout un tas de trucs. Elle avait rangé tout ça dans le cartable avec les trousses et les livres de classe. Elle avait aussi sorti de sa tête les salles d'étude, le parfum entêtant qu'elles avaient, les fenêtres sur la cour, et même les bruits venant du dehors. Elle s'était dit que c'était fini tout ça. Elle savait qu'elle ne prendrait plus le bus scolaire. Elle éprouvait pourtant une sorte de nostalgie par rapport à l'école, comme une envie d'y retourner alors qu'elle savait qu'elle n'y retournerait pas. Cette chose-là, c'était perdu tout de même. Elle avait beau avoir gardé ses affaires sous son bureau, une salle de classe n'était plus pour elle. Au temps où elle y allait elle choisissait toujours la dernière rangée, prête à sortir pour rendre un service. Rester là à s'ennuyer, non. Elle se revoyait en robe courte et en sandales d'été, entourée de camarades. Les filles maintenant partaient le matin sans elle et s'apercevaient à peine de son absence. En réalité ça l'attristait de moins en moins de voir les anciennes copines monter et descendre du bus. L'image devenait de plus en plus petite, était de plus en plus lointaine. Ça sentait encore les cahiers, les livres, l'encre dans la chambre mais ça ne rappelait que vaguement les départs matinaux. C'était possible maintenant d'oublier tout ça. Donc elle avait arrêté l'école. À l'époque son père n'avait pensé à rien pour la suite. Est-ce qu'il fallait la réinscrire quelque part? D'un commun accord ils avaient dit *Non.* Après avoir interrogé sa casquette le père au mégot avait dit *Tu fais comme tu veux* et elle avait répondu *Ça ira.* C'était fini les joues roses, les blouses roses de la salle de classe. Ce jour-là elle avait descendu l'escalier tout excitée et claqué la porte d'entrée derrière elle. Ensuite les hommes étaient arrivés en nombre. Rien de précis, rien d'identifié, que le grand nombre, la masse divine. Juste le plus grand nombre. Elle voulait que ça marque son corps d'une certaine manière. Que ça devienne le signe d'un passage. Que ça vive en elle sous la jupe, sous les chemisiers clairs. Elle n'y pouvait rien. Elle n'offrait aucune résistance, se perdait dedans. Il faisait chaud dans le bourg, le soleil était brûlant, le bitume réverbérait la lumière, c'était le midi torride, le plein été. Une autre merveille avait pris place et Gil s'y était plongée avec délice. Elle avait comme mué, changé de peau. Elle voulait franchir une frontière, tant mieux si les filles ne la voyaient plus attendre à l'arrêt du bus. Avec volupté elle mettait les pieds ailleurs. Elle allait suivre sa pente dans ce bourg aride, dans cette terre brûlée. Allongée sur son lit, elle sentait l'air frais du petit matin lui caresser les joues. Elle était tout à coup heureuse de ses seins fermes et de ses longues jambes.

Après l'éblouissement de la masse de cheveux dorés dénoués, la touffe rousse. Ceux qui la voient pour la première fois reçoivent un choc. Tous les hommes voudraient trouver avant l'étreinte, avant la possession le secret de cette fente mystérieuse. Le blanc de la peau, la tension à l'endroit des côtes, le rose des mamelons, le tout petit nombril les déconcertent. Ce corps-là forcément surprend quand il se montre. Sa jeunesse, sa fragilité déroutent. Mais posséder c'est ce qu'ils veulent. En réalité ils ne prennent rien. De retour chez eux ils repenseront à la culotte de dentelle glissant sur les jambes fines, aux seins hauts et à la peau blanche. C'est tout. Ce que cache la touffe rousse leur restera à jamais inconnu. Gil avec ou sans vêtements, c'est toujours Gil. Sa peau, sa touffe rousse, sa culotte de dentelle, sa minijupe, son pull rouge c'est elle. Si elle est faite pour se déshabiller, se coucher, ouvrir les cuisses, se mettre nue, ça la regarde. Tant pis si sa touffe choque.

Ensuite ils se rhabillent, prennent le temps de se laver minutieusement, de se sécher, de s'admirer, de montrer leur jolie chose, leur anatomie. Ils sont fiers de ce qu'ils viennent d'accomplir, de cette étreinte. Ils se sentent virils, mieux faits, plus réels. Ça prend du temps de se regarder dans le miroir, de se voir. Ils remettent leurs vêtements avec soin. Gil est oubliée. On espère qu'elle dort. Qu'elle ne fasse pas de bruit c'est bien. Qu'elle se rhabille sans qu'ils y prennent garde c'est bien. Pour l'instant leur attention est cristallisée. On assisterait presque à la toilette savante d'un chat. Contentement et paresse. Gil, elle, n'existe plus. Elle est sous un drap, ou ailleurs, qu'importe. Ce corps masculin, au fond fragile, vient de montrer qu'il ne l'est pas. Il a retrouvé sa densité. L'homme éprouve une satisfaction à contempler ses cuisses, son ventre, son torse, son sexe. Il est à nouveau un individu entier, solide. Il aimerait jeter un dernier coup d'œil à la touffe qui donne par enchantement plus de poids à son corps. Mais Gil s'est déjà rhabillée. Elle a quitté le lit, retrouvé ses vêtements. Ils se regardent. Qui partira le premier.

Félix ne savait pas ce qui se passait. Il n'y avait jamais de trace. Il imaginait. Il ne voyait rien, il ne pouvait rien savoir. Une chose oubliée, une chose perdue lui servaient d'indice. Il ignorait où ça se passait. Gil n'en disait jamais rien. Elle ne mettait pas de mot là-dessus, elle n'avait pas d'expression pour ça. C'était informulable. Félix s'accrochait à une brindille dans les cheveux, à une griffure sur le genou pour donner de la consistance à ses rêves. Ça avait lieu tout le temps, impossible de suivre. Gil n'avait pas peur, elle n'avait peur de rien, c'était l'aventure. Elle était légère, silencieuse, impossible de la saisir. Elle allait partout où on la désirait. Elle ne ramenait dans son lit qu'une silhouette sans poids. Comment faisait-elle pour accueillir tout ça dans son corps frêle et fragile. Elle ne craignait ni les représailles, ni les jalousies, ni les règlements de comptes des femmes trompées. Elle se donnait librement, elle se promenait librement. C'était sa façon d'aborder la vie, d'y aller en fermant les yeux.

Sa chambre était bien rangée, peu de meubles. Il y avait aux fenêtres des rideaux jaunes, plutôt épais. Un tissu à bandes sur le petit bureau. Les sols n'avaient pas l'air droits. En passant du lit à la fenêtre Gil faisait tinter le mug plein de crayons. Il y avait comme des respirations au sol. Des souffles. Des grincements aussi. Quand elle marchait Félix pouvait l'entendre, imaginer les pas autour de son lit. La table de travail était toujours à sa place mais elle ne s'y arrêtait plus. Gil sentait bon. Elle sentait la transpiration. Elle sentait fort. Félix respirait l'odeur de sa peau, de ses vêtements. Il aimait bien. Ça se dégageait sous les bras lorsqu'elle bougeait. C'est qu'elle avait eu chaud, ou qu'elle allait partir. Qu'elle l'avait fait déjà ou qu'elle avait rendez-vous. Il voyait ses jambes, ses bras, c'était léger tout ça. Il avait le droit d'aller dans sa chambre maintenant, de s'asseoir sur son lit, de lui parler mais la plupart du temps il ne disait rien. Il aimait bien juste être là, voir son corps dans le flou. Il ne savait pas ce qu'elle portait dessous. En tout cas il devait se passer quelque chose pour que ça le préoccupe. Il pensait tout le temps à ce qu'il n'arrivait pas à voir. Une robe colorée cachait le buste de Gil. Il aurait voulu se glisser dessous, s'allonger sur son lit. Il attendait le moment où elle l'habillerait comme elle. Il aurait son odeur, sa sueur fine. Il aurait bien aimé s'endormir avec elle, il aurait pu dormir là longtemps. Ses seins, il ne savait pas s'ils étaient gros ou petits, il n'arrivait pas à fixer son regard sur eux. Il ignorait combien de temps il pourrait rester dans la chambre mais il avait déjà gagné le droit d'être là. Il faisait le moins de bruit possible, le moins de mouvements pour que ça dure. Il voulait rester près d'elle. Il était heureux de vivre dans cette maison. Le travail n'en était pas vraiment un, il n'apprenait pas grand-chose certes mais il se laissait aller à elle. Gil était tout le temps dans sa tête. Elle faisait un petit bruit avec sa gorge, c'était comme une musique au bout de son corps. Elle sentait bon. Elle disparaissait.

Il l'aimait bien cette fille. C'était même un peu plus que ça. Elle était liée au bourg, à la rivière, aux routes de goudron. Souvent alors qu'il balayait les parkings, nettoyait les fossés, Félix la voyait marcher sur la route et se demandait où elle allait. À la maison, il l'observait enfiler la tenue du supermarché ou faire la lessive pour le père au mégot. Dans la salle de bain elle se lavait enveloppée d'odeurs parfumées mais il ne pouvait pas la voir. Elle parcourait la maison dans tous les sens. La rendait vivante. C'était une fille jeune en jupe courte qui montrait ses jambes, qui parfois mettait des hauts talons et parfois des Scholl. Elle se coulait dans son métier de vendeuse, se fondait dans le costume et dans le décor. Mais en même temps, quand elle traversait le bourg c'était impossible de ne pas la voir. Sa silhouette attirait les regards. Elle était éclatante, étincelante même quand elle faisait la cuisine ou la vaisselle. Voilà ce qu'elle était pour Félix. Voilà ce qu'il pensait quand il la regardait assis sur le tabouret de la cuisine.

Félix avait demandé comment c'était. Gil avait tiré de sous son lit des revues. Elle avait répondu *C'est comme ça*. Il y avait une dizaine de magazines avec des photos en couleurs sur la couverture et à l'intérieur, des photos chocs. Des hommes et des filles. Ça faisait irruption. Gil tournait lentement les pages en s'assurant que Félix ne manquait rien. Elle posait l'index sur une photo pour qu'il n'oublie pas, qu'il apprenne. Elle disait *Voilà et voilà. J'en ai encore beaucoup d'autres mais ça suffit. T'as déjà tout là-dedans. Après les filles ne sont pas habillées pareil mais en fait ça se ressemble.* Elle lui montrait les photos avec une sorte de passion, sans dire un mot. Les images parlaient d'elles-mêmes. Son doigt et ses yeux guidaient le regard de Félix. C'était comme un album d'enfant. Elle en faisait le même usage, elle était contente de le partager avec lui, comme un trésor caché. Ils étaient assis sur le dessus-de-lit jaune. Félix sentait à côté de lui le corps ferme et doux de Gil. Elle avait les bras nus, sa main tournait les pages. Il aurait adoré appuyer sa tête sur son épaule, la toucher. Mais son rôle était de tenir le magazine et de regarder avec la plus grande attention. Au début il était mal à l'aise, les couleurs chair et rouge vif étaient trop présentes, elles lui soulevaient le cœur. Pour se rassurer, pour trouver un peu de répit, il s'accrochait au latex noir qui habillait le corps des filles, aux objets qui les entouraient. C'était des dizaines de pages d'acrobaties, avec des yeux provocants fixés sur l'objectif. Des pages et des pages d'agressions qui faisaient peur. Gil, elle, n'était pas impressionnée. Après la troisième revue, Félix s'est senti mieux. Ils se sont mis à faire des comparaisons. Félix n'avait jamais été aussi près d'elle. Il était troublé et heureux de ce qui se déroulait sous ses yeux. Il n'avait jamais vu ça surtout pas à côté d'une fille. Ça secouait l'après-midi d'été. Tout à coup quelque chose s'est dénoué dans son estomac. Une photo de trop, un regard un peu extatique, Félix les bras pliés sur le ventre, le buste cassé en deux, se tordait de rire. Gil très étonnée le regardait. Elle aimait bien qu'il rie. Cette diversion les ramenait au réel. Ils avaient envie de ranger les revues et de les oublier.

La bouche entrouverte Gil faisait un petit bruit avec sa langue, une sorte de clapotis qui venait s'échouer au bord des dents. La pièce était silencieuse. Le chien remuait doucement dans son couffin. À demi allongée, Gil fixait le mur strié de lueurs orange dessinées par le soleil couchant. Il ne faisait pas trop chaud. Félix la fixait, subjugué par le bruit de sa bouche, par le léger clapotement venu de sa langue. Elle s'est levée pour aller chercher un cahier. Félix se balançait sur sa chaise. Il y avait des journaux intimes à cadenas et aussi des comptes de la supérette empilés sur le bureau. Gil aurait été fière de montrer ces pages de chiffres sur lesquelles elle avait aussi noté son salaire. Mais à la faveur d'un silence, Félix a sorti un bout de papier de sa poche. C'était un petit texte polycopié qui ne faisait pas plus de deux paragraphes. Il ne se rappelait plus si un professeur l'avait distribué ou s'il l'avait trouvé dans un livre de la bibliothèque. Ce petit texte lui avait tout de suite dit quelque chose. Il voulait le partager avec Gil. Il s'est mis à le lire. Ça parlait d'une chambre qui donnait sur la mer et d'une fille. D'une certaine manière ça effaçait les magazines que Gil venait de lui montrer. La fenêtre était ouverte, il y avait moins de camions, une odeur douce de fin de journée montait du bitume. Et tout à coup ils partaient tous les deux à la recherche de la mer. *Elle est où la mer. Elle est où cette fille.* Elle devait être belle, sentir bon. Ils l'auraient suivie dans la rue, ils l'auraient emmenée à la rivière. Ils profitaient des derniers rayons du soleil, des rumeurs qu'ils imaginaient être celles de l'océan. C'était comme si la fille allait apparaître.

Gil aimait que Félix ait sorti ce petit texte de sa poche pour le lire. Il s'était glissé entre eux. Ces deux paragraphes disaient quelque chose de l'horreur des disparitions. Il faisait du bien et du mal en même temps. C'était pour ça que Gil en imagination s'enfonçait dans l'eau de la rivière. Elle fermait les yeux et voyait quelqu'un sur la berge qui la regardait mourir sans bouger. En vêtements, sans vêtements elle se noyait, elle se laissait couler. Elle voulait descendre pour trouver quelque chose, voir jusqu'où elle pouvait aller. Elle reprenait de l'air à la surface. Un oiseau sifflait au loin. Elle remontait, son corps et ses yeux comme assoiffés. Ensuite elle marchait les vêtements mouillés, ses longs cheveux dégoulinants, ses chaussures entravant sa marche. Ce n'était qu'un jeu. Cette rêverie l'éloignait de la routine. Se lever, aller au travail, s'occuper de la maison, faire à manger toujours, comme depuis toujours.

Gil avait en réserve deux ou trois robes, du maquillage, des talons hauts dans des boîtes en carton. De temps en temps elle disposait l'ensemble sur son lit et se regardait dans la glace. C'était le début de la grande mascarade. Il lui fallait du temps rien que pour aligner le tout, faire son choix, assembler la tenue imaginaire. Ensuite le rouge à lèvres et le fond de teint devaient s'harmoniser, les yeux être langoureux, les lèvres épaisses, les cheveux bien coiffés. Ça n'en finissait pas. Elle changeait le rouge à lèvres, la culotte, les chaussures. Elle pouvait recommencer sans fin. Elle se réinventait. Elle aimait éprouver la tenue des vêtements, voir un visage neuf, un corps différent. Est-ce que cette robe plus sombre avec ce rouge-là était possible. Lorsqu'elle pirouettait au milieu de la chambre, le plancher grinçait sous la moquette. Dans le miroir de l'armoire elle ne reconnaissait pas la femme qui apparaissait tout à coup. Pourtant c'était encore elle, la toute jeune fille. Elle voulait savoir ce qu'amenait sa nouvelle tenue. Maquillée, avec un sac à main, des talons hauts, elle était prête. Fin de la séance. Elle rangeait tout. Plus rien ne traînait. Rien n'avait bougé. Il ne restait que des effluves d'eau de toilette.

Le temps coulait lentement dans la salle de bain où le soleil étourdissant n'entrait pas. Un petit courant d'air passait sous la fenêtre. Ça sentait le frais, l'humide, les produits de toilette. Deux ou trois flacons colorés bouchons ouverts exhalaient une odeur de pomme. Des serviettes séchaient sur le radiateur éteint, un tapis de bain bleu était posé sur le rebord de la baignoire. C'était peut-être les serviettes-éponges de toutes les couleurs qui attiraient Félix. Le calme aussi. Cet endroit lui faisait penser à Gil. Elle avait grandi nue devant ce miroir qui maintenant reflétait une jeune fille. Il l'imaginait ici avec plaisir. Les odeurs, le frais c'était elle. Elle était omniprésente dans les savons, les brosses, les peignes, entassés ici et là et qui débordaient de la tablette en verre du lavabo. Ça sentait bon tous ces mélanges : les onguents, les poudres, l'eau qui coule, la vapeur.

Gil avait commencé à coucher. C'était clair pour Félix qu'elle avait cet avantage. Elle en devenait toute légère, ne pesait plus rien, à peine le poids d'une mouche. Mais il aurait été bien incapable de s'en saisir. Le corps de Gil se serait froissé comme du papier dans sa main. Elle avait commencé dès la fin de l'école. Elle avait des fossés d'avance, des bus scolaires, des promenades au bord de la rivière. Elle engrangeait jeunes et vieux, hommes mariés, moustachus, barbus, poilus. Ça étourdissait Félix. Ça lui faisait un drôle d'effet d'imaginer tout ce qui entrait dans le corps de Gil. Tout ce qui ne se voyait pas, qui ne se disait pas. L'étendue de ces immensités provoquait des secousses, créait des ondes autour d'elle. Peut-être que Félix s'exagérait sa légèreté. Mais Gil c'était une tornade, un cyclone. Elle évoquait tant de choses, tant de mystères, tant de non-dits avec juste un petit sourire de la bouche ou un geste de la main pour enrouler une mèche autour de son doigt. Elle voulait sans doute ne rien peser pour ne pas être entendue ou vue. Être juste un courant d'air blond doré, porté par des jambes nues et blanches. Félix ne savait pas où se plaçait le désir dans cet être-là. Comment rangeait-elle les catégories. Ou était-ce le grand désordre ? Il essayait de soulever les voiles, de toucher la substance. Les hommes il les laissait de côté. Il tentait de trouver la chair sous la blouse. Il voulait savoir quel goût ça avait, par quel bout il aurait pu la prendre. Mais sa légèreté finissait par l'inquiéter.

La maison au cœur du bourg avec son arbre au milieu de la cour avait toujours été une protection pour la petite fille fragile. Gil avait grandi d'un coup lorsqu'elle avait commencé à marcher sur la route goudronnée pour se rendre à son travail. Quelque chose de fort s'était emparé d'elle, une ardeur nouvelle. Elle avait décidé de vivre en grand. Du coup la petite bourgade avait pris un autre aspect, un autre visage. Bien plus d'ouverture, bien plus de possibilités. C'était sans cesse des allées et venues. Et puis Félix était arrivé. La première fois qu'elle lui avait dit comment elle s'appelait, il avait pensé qu'elle portait un prénom de garçon.

Gil ne faisait pas de bruit quand elle rentrait. Dans son sommeil Félix l'attendait. Dès qu'elle avait franchi la porte d'entrée, le chien bondissait pour l'accueillir.

Elle montait les marches en silence. Félix n'entendait que l'agitation du chien dans l'escalier. Il lui était impossible de deviner quoi que ce soit. Il ne voyait ni sa robe, ni son sac à main. Il se demandait d'où elle arrivait, d'un bal ou d'une chambre. Si elle avait bu de l'alcool. Contre quel mur s'était-elle appuyée, dans quelle voiture était-elle montée. Avait-elle eu froid, frissonnait-elle maintenant. Est-ce qu'elle pensait à celui qui dormait ou qui faisait semblant. Évidemment elle n'avait jamais l'idée de vérifier. Est-ce qu'elle le voyait encore comme un enfant ou l'ignorait-elle complètement. Lui guettait son souffle, son petit bruit dans la gorge. Il était soulagé d'entendre les grognements de Dodo et d'en comprendre la signification. Elle était rentrée. Ça le rendait heureux. Il apercevait un instant ses jambes en pleine lumière dans l'entrebâillement de la porte avant de basculer dans le sommeil.

Le lendemain matin des mots surgissaient dans la tête de Félix. Peut-être que c'était la nuit qui les avait entassés là. Il les alignait, il les empilait en couches, les faisait prospérer, leur apportait de la chair. Ils s'infiltraient dans son corps en s'accrochant à un prénom. Ils s'imposaient avec éclat. Éblouissement, incertitude, nervosité, c'était lui. Déchirement, lié aux nuits d'été où il l'attendait en compagnie du vide agressif de la cour, c'était lui. Elle ne rentrait pas, peut-être qu'elle ne rentrerait pas, foudroiement, c'était lui. Si elle passait trop vite et qu'il ne voyait que son dos, l'arrière de ses jambes, frustration, c'était lui. Odeur forte, acide de la camionnette, c'était lui. Terrassement, goudron, bitume, c'était lui. Fossé, pelle, remblai, c'était lui. Les mots arrivaient en cascade dans sa tête. Il les laissait venir. Entrepôt, magasin, supermarché. Supermarché il aimait, supermarché c'était Gil. C'était frais ça sentait bon. Ça changeait tout. Félix pressentait le mot à venir. C'était nouveau pour lui.

Son propre reflet dans le miroir de l'armoire, dans celui de la salle de bain, dans les vitrines des magasins, dans la grande baie vitrée du café surprenait Gil. Tous ces miroirs multipliaient son image. Il était présent partout ce corps. Elle découvrait même son visage dans le fond poli des casseroles. Il souriait, ne souriait pas, se jaugeait, s'épiait. Debout, toute droite, immobile au milieu de sa chambre, elle pensait au texte que Félix avait lu à voix haute pour elle. Elle ne trouvait plus d'appui dans le petit bureau. Le cartable, les cahiers, les piles de livres, les trousses ne se donnaient plus, avaient fui. Elle ne pouvait pas s'y accrocher. Tout semblait s'effacer. Même les meubles, les rideaux, les murs, la fenêtre. Son corps existait pourtant au centre de la pièce. Elle se demandait ce qu'elle faisait là. Elle avait le vertige. Elle brûlait d'envie de tout laisser tomber, d'abandonner la maison. Il fallait qu'elle se remette vite à marcher.

Des garçons avaient arrêté leur voiture au bord de la route et avaient entouré Gil pour bavarder. Ils parlaient de tout, de rien, des voitures qui passaient, des gens du bourg, des bals, du supermarché. Du patron, *Comment il était*, ils voulaient savoir. Elle allait au travail. *Oui.* Il était gentil le gérant du magasin. *Oui.* Ils avaient dit en riant *Gil ne dit jamais non.* Elle n'avait pas dit oui. Elle n'avait rien dit. Ils riaient. Et l'apprenti tout petit? Ils se moquaient. Ils étaient au moins cinq ou six. Ils portaient des blousons, fumaient. Rasés de près ils sentaient la lotion et le tabac. Tous ces yeux, toutes ces mains, ça lui donnait le tournis à Gil. Ils se chambraient à tour de rôle. Ensuite c'était de longs silences. Ils étaient si minces qu'ils pouvaient tous tenir dans la petite voiture. Ils aimaient rouler en trombe dans le bourg ou au contraire avancer au pas pour regarder les filles. Où est-ce qu'ils se rassemblaient? Mystère. Ils la retenaient au milieu de leur cercle. Ils essayaient de se rapprocher, les yeux brillants, un peu inquiets. Elle entendait leurs piétinements sur le gravier, tandis qu'ils tournaient autour d'elle. Elle aimait bien les regarder, être le centre du groupe qui se faisait, se défaisait. Sur la route il ne se passait pas grand-chose à cette heure-là. Quelques voitures de temps en temps. Certaines ralentissaient pour identifier ces jeunes rassemblés sur le bas-côté. C'était plutôt calme ce début d'après-midi. Ils allaient repartir serrés les uns contre les autres. Ils avaient été audacieux, timides. Ils avaient montré à Gil leur force, leur virilité pour qu'elle les reconnaisse. Ils repartaient en lui faisant des signes par les vitres baissées. La bagnole démarrait dans un crissement de pneus. Le conducteur donnait encore un coup de frein une dizaine de mètres plus loin pour que Gil les regarde.

Félix c'était le Garçon. Le Garçon, c'était son nom. À table Gil disait à son père *Demande au Garçon.* Pour venir regarder les revues dans sa chambre elle lançait *Tu veux venir, le Garçon.* Quand, en rentrant le soir du magasin, elle ne le voyait pas enfoncé dans le fauteuil devant la télé, elle demandait *Il est où le Garçon.* Au supermarché elle disait aussi *le Garçon* en parlant de lui. *Le Garçon,* c'était l'apprenti qui travaillait avec le père au mégot. Ça sentait bon le garçon quand il était là. Son odeur n'avait rien à voir avec celle d'une fille. Il avait la beauté d'un garçon, l'étrangeté d'un garçon. Sa voix, ses yeux, ses cheveux hirsutes faisaient qu'il en était vraiment un. Ça se voyait aussi à sa façon de se tenir, de ne jamais savoir quoi faire ni de ses jambes ni de ses bras, à sa manière de chercher le sol sous ses pas ou un mur pour son dos. Le sac de sport entrouvert sur le sol, les vêtements en vrac sur la chaise, des pas lents dans l'escalier, la porte de la salle de bain grande ouverte, c'était ça *le Garçon.* Un garçon ce n'est pas rien. Félix sentait qu'elle n'était pas insensible à la force de son corps qui travaillait dans les fossés. Alors tant mieux si ses mains sentaient l'huile de vidange.

Comme il devait prendre des notes pour son rapport de stage, elle lui avait demandé à quoi ressemblait son collège. Là-bas il n'y avait que des garçons, mais ce n'était pas sûr qu'il y retourne. On verrait à la fin de l'été. Pour Gil, Félix sentait l'élève à plein nez. Alors que pour lui rien n'était net, tout était resté abstrait. Il n'avait pas réellement compris ce qui l'attendait à la rentrée. Bien sûr il s'était attelé à son rapport de stage. Gil l'avait aidé, lui avait donné des renseignements sur la commune parce que le père au mégot s'était désintéressé du problème. Il n'était ni disponible ni de bonne volonté. Félix se contentait des informations de Gil. Le bourg, dans la bouche de la fille du père au mégot, prenait des proportions étranges, était plein de projets hardis. Les questions de Félix excitaient Gil, la stimulaient. Assis à la table du séjour sous l'abat-jour frisotté, ils s'enthousiasmaient tous les deux devant le formulaire. Ils se sentaient en accord. Félix était content de son rôle de sondeur avec son crayon, ses papiers, ses questions. Les yeux de Gil brillaient, son visage étincelait. Félix notait le nom des principaux monuments, décrivait la maison, le travail du cantonnier. Brusquement ça basculait ils se mettaient à jouer. Il lui demandait le nom de ses maris, si elle avait divorcé souvent, si elle avait des enfants, si elle était propriétaire de ses commerces, comment elle faisait vivre sa famille. Ils mâchaient du chewing-gum qu'elle avait pris au supermarché ça sentait la menthe. Félix l'interrogeait sur ses ancêtres, sur sa généalogie. Elle ne savait pas trop que répondre. Elle réfléchissait et disait *Je ne me rappelle plus.* La nuit était tombée il faisait vraiment noir maintenant. Ils se sont tus et se sont sentis tout proches, assis côte à côte. Au bout d'un moment Félix a recommencé à poser des questions mais il n'écoutait plus les réponses. Il faisait semblant de griffonner. Il était troublé. Dans le fauteuil le père au mégot dormait à poings fermés.

Gil inventait des histoires. Elle disait que les hommes allaient l'emmener au loin, l'enlever au bourg, à la rivière, la pousser dans une voiture. Qu'ils attendaient le bon moment. Elle avait envie de faire peur à Félix ou de se faire peur. Elle disait, en lui jetant un coup d'œil de son regard clair, qu'elle ne voulait surtout pas inquiéter le père au mégot *pour rien au monde.* Félix ne voyait pas très bien de quoi elle parlait. Elle s'agitait. Ils en avaient après elle, ils ne lui laissaient pas de répit. Elle faisait semblant de préparer un sac avec des vêtements, des chaussures, soupirait *Je ne sais vraiment pas ce que je vais faire.* Puis elle était prise de fou rire. Elle réajustait la ceinture de sa jupe, lissait sa chemise. Elle redevenait sérieuse. *Ils en ont tous après moi. Ils me mangeraient, ils sont teignes. Ils veulent tous quelque chose de moi, un bout de poignet, un bout de peau. Une fois je suis tombée dans la rivière, j'ai réussi à sortir mais je suis revenue toute seule à pied, j'étais trempée. Lui, pfutt... disparu de la circulation. Jamais revu.* Puis elle recommençait à rire. *On avait bu beaucoup j'ai éternué tout le long du chemin.* Félix voyait ses doigts de pied s'agiter dans ses Scholl. Elle ajoutait *Ils ne me laissent pas tranquille, c'est sans fin, c'est épuisant. Tu ne peux pas savoir, c'est normal, t'es trop petit.* Félix se demandait si en réalité ce n'était pas l'inverse qui se produisait : personne ne venait. Une interminable attente à la rivière, et la voiture n'arrivait pas, le gars n'arrivait pas. La robe, les cheveux restaient intacts. Rendez-vous manqué, robe pas froissée, pas touchée par la main d'un homme. La journée restait comme figée. Peut-être que personne ne venait chercher Gil au magasin ni ailleurs. Mais pour Félix elle continuait à inventer toutes sortes d'histoires. Elle préparait son sac, son bagage. *Quelque chose va se produire sûrement, tu verras. Un jour, je ne serai plus là.*

Le matin Félix aurait préféré traîner au lit, pour rêvasser ou pour lire. Si Gil passait devant la porte ouverte, il espérait l'apercevoir, pas encore habillée. En général, à ce moment-là, elle ne prêtait aucune attention au Garçon. Félix ne surprenait qu'un glissement sur le lino, un bruissement d'étoffes et le léger souffle de sa respiration. En écoutant avec attention les bruits les plus légers tandis qu'elle se dirigeait vers la salle de bain, il devinait le moindre de ses mouvements. Pour lui la douceur du jour c'était ça : vivre au même moment dans la même maison. Malheureusement le père au mégot avait décidé qu'il était temps de s'activer. Gil devait se réveiller pour aller à la supérette,

Félix pour s'atteler aux travaux publics. Ensuite Gil et Félix lampaient leur café en silence. Les vitres du rez-de-chaussée vibraient déjà mais pour eux c'était encore la nuit. Les secousses des camions les ramenaient peu à peu à la réalité. Ils percevaient du coup le bruit des cuillères dans les bols et les bâillements du chien. Le garçon et la fille étaient vaguement gênés à cause du pyjama et de la chemise de nuit. Le père au mégot lui était déjà dans son monde. Gil et Félix vivaient ce moment du petit déjeuner avec le plaisir d'être assis là ensemble dans la cuisine. Puis c'était le retour à l'étage pour s'habiller. Ce soir ils seraient de nouveau réunis.

Pour Gil, Félix était une sorte de petit frère qu'elle prenait sous son aile. Mais il y avait aussi les hommes. Elle était traversée par quelque chose qu'elle ne pouvait pas dire, qui était bizarre, qui ne tenait pas dans la chambre de jeune fille, ni dans la maison, qui sautait les murs, les frontières et la conduisait à la rivière. Aux regards qui venaient réclamer quelque chose, qui avaient peur d'un refus, Gil disait *Oui*. À la terrasse des cafés, elle laissait les garçons s'installer à sa table. En faisant ses courses, en marchant, en dansant elle les attirait. Elle se tenait droite, s'habillait court et clair, des vêtements simples qui n'entravaient pas son corps. Il n'y avait plus qu'à le laisser faire, l'offrir, puisque la vie c'était ça. Elle voulait sentir les regards posés sur elle, être alerte, disponible. Il fallait que le désir ne s'arrête jamais. Une folie qui la rendait gaie, la faisait rire. C'était si simple d'être enlacée. Elle voulait bien ce qu'on voulait, si elle pouvait le soir retrouver sa chambre et s'endormir à côté de son bureau encombré de cahiers. Mais l'enfance c'était fini.

Félix avait surpris Gil en train de quitter ses vêtements et d'entrer dans la baignoire. Elle ne se doutait pas que de sa chambre il pouvait la voir. Elle ne se méfiait pas. La plupart du temps elle laissait la porte ouverte à l'écoute des bruits d'en bas. Elle entendait les pas lourds du père au mégot dans la cuisine mais le ronflement de la route lui avait caché l'arrivée de Félix. Pour Gil, se laver c'était simple et vite fait, mais quand elle n'allait pas à la supérette ça durait longtemps. Le bruit de l'eau, l'écoulement du robinet la berçaient. La vapeur lui évoquait un jardin sous les tropiques. La salle de bain était un des endroits particulièrement agréables de la maison, vaguement luxueux, avec ses carreaux bleus et blancs, ses robinets astiqués, son lavabo carré, son tapis de bain bleu roi, son long flacon d'eau de Cologne, ses savons colorés. Gil aimait, quand elle le pouvait, y traîner, s'immerger dans l'eau, s'y engloutir, s'y sentir comme dans une coquille. Dans ces moments-là, le temps n'avait plus de durée. Traversant la buée, un rayon de lumière venait éclairer sa peau et ses cheveux mouillés. Félix, qui la regardait, la trouvait étonnamment mince, presque maigre. Il ne l'avait jamais vue comme ça, il ne s'y attendait pas, sa peau blanche, sa toison rousse le troublaient.

Gil se savonnait avec des mouvements lents, souples et harmonieux. Sous le jet d'eau elle fermait les yeux. Elle semblait fragile. Ce n'était plus Gil avec ses jupes courtes, ses Scholl et son regard assuré. Nue, elle semblait perdue dans la grande baignoire aux pieds en pattes de lion. Quand elle est sortie de l'eau, il y avait tellement de vapeur qu'elle ne voyait plus son reflet dans la glace. Avant de se brosser les dents, elle a passé la main sur le miroir, puis a démêlé ses cheveux avec une brosse au long manche en bois. Par moments elle tirait très fort en faisant la grimace. Ces images frappaient Félix. Il ne verrait plus la baignoire de la même façon. Demain quand il irait dans la salle de bain il penserait à elle en se mettant nu. Il aurait à la fois peur et envie qu'elle le voie comme il l'avait vue. Il désirait qu'elle le voie parce qu'il voulait lui montrer qu'il était plus solide que ce qu'elle imaginait, que son corps pouvait être plus fort que le sien, saurait la protéger. Mais épier le Garçon ne devait même pas effleurer la pensée de Gil.

Félix était appuyé contre un mur dans le séjour. Il attendait que le père au mégot vienne le chercher. Le bruit des camions c'est vrai ça berce. Les vitres vibraient par à-coups. Le soleil était déjà chaud. Un reflet de la lumière du matin éclairait les chaussures de Félix et la tête du chien. Gil avait rapporté une cafetière du magasin qu'elle avait gagnée en collectionnant ses points. Elle y avait ajouté ceux du père au mégot et ceux du Garçon. Elle les avait posés sur un coin du buffet en demandant que personne n'y touche. Et voilà qu'elle les avait échangés pour cette cafetière jaune toute neuve avec un liseré doré. Sortie de son emballage elle étincelait. Ça faisait joli dans la cuisine. Si on voulait la mettre en marche, il y avait la notice dans la boîte en carton. Gil n'avait pas eu le temps de le faire, elle était repartie vite après le déjeuner. Félix ne voyait pas pourquoi il aurait fait marcher une cafetière à cette heure-là. C'est un bruit que tout le monde aime, bien sûr, Gil l'aimerait aussi. Félix, assis au bord d'une chaise, entre la table et le plan de travail, avait sorti le mode d'emploi de la cafetière et avait commencé à le lire. C'était en anglais avec une série de dessins explicatifs. Pour la première fois il lisait quelque chose qui lui semblait facile dans cette langue. Il ne savait pas pourquoi ces petits paragraphes l'attiraient. On disait qu'il fallait prendre soin de l'outil. C'était mieux de la faire fonctionner une première fois avec rien que de l'eau. Il était surpris de comprendre les instructions aussi clairement. Tout paraissait magnifiquement expliqué. Du coup il a eu envie de l'allumer. Le fascicule lui en donnait la possibilité, lui a fait aimer cette petite machine qui n'avait rien d'extraordinaire sauf qu'elle n'avait jamais servi. C'était tout simple les phrases étaient numérotées. Il fallait évidemment procéder par ordre, mettre de l'eau dedans, brancher la machine, appuyer sur le bouton rouge. Les phrases passaient de la brochure à la cafetière, se convertissaient en gestes. L'eau a commencé à faire des remous, des glouglous, à se transformer en vapeur. Le chien a gémi, levé la tête, s'est rendormi. Félix était seul dans la cuisine avec un objet tout neuf qui appartenait à Gil. C'était comme une musique dans sa tête. Il découvrait le lien entre les mots et les choses.

Félix avait adoré déchiffrer la brochure de la cafetière. Il avait aimé la solitude, la fraîcheur de la cuisine, exécuter les instructions point par point. Le glouglou de la machine remplie d'eau claire l'avait conduit à une sorte d'excitation liée au plaisir de faire fonctionner quelque chose à partir de phrases. C'était si simple de suivre le mode d'emploi. Après les rencontres sibyllines avec les professeurs, la mise en marche de la cafetière lui rappelait la beauté du petit texte. Il lui procurait le même plaisir mais portait en lui quelque chose de plus. Il ouvrait un espace qui renvoyait à Gil. Il y avait une concordance entre les deux textes. La lecture de ce bout de papier usé, légèrement froissé le touchait et lui faisait peur, parce qu'il parlait de perte. Il faisait mal. Oui les gens pouvaient disparaître. Dans la cuisine, Félix attendait que Gil revienne. En son absence, il avait appris le curieux rapport entre les choses et les mots, leur efficacité et leur violence. Du coup il relisait le petit paragraphe. Il était peut-être venu ici pour ça, attendre une fille, avoir peur qu'elle ne revienne pas et s'ouvrir au pouvoir des mots.

En voyant Gil au supermarché perchée sur un escabeau pour garnir le rayon des alcools, la vue de ses jambes et de ses cheveux blonds en pleine lumière donnait à Félix l'envie de la toucher. Elle ne l'avait même pas entendu entrer. Il avait aussi ce même désir quand elle arrivait à la maison, ôtait ses Scholl et mettait ses espadrilles rouges. Ses jambes étaient magiques. Pour servir et remplir les assiettes, elle se déplaçait avec la légèreté d'un petit animal. Félix n'était pas dupe il savait qu'elle lui préférait d'autres garçons, les grands, les forts. Il aurait voulu que ça change. Qu'arrive une nuit douce, pleine de machines à café, de mots en rapport avec le petit texte et l'histoire de la fille disparue. Il aimait leur différence d'âge, ses vêtements, son corps de fille qui lui paraissait si étrange. Il désirait la retenir, lui plaire, la faire rire. Il aurait voulu qu'ils se glissent dans un lit, qu'ils s'emmêlent, qu'ils se serrent, qu'ils s'étreignent et s'endorment collés l'un à l'autre après cet instant qui n'appartiendrait qu'à eux. Mais il y avait la vie cachée.

Gil se refusait à lire le petit texte, elle ne voulait y voir que des lignes noires, des virgules, des majuscules qui s'entassaient. Juste des mots juxtaposés, agencés en forme de paragraphes avec des retours à la ligne. La feuille dans la main, elle regardait fixement la page, la posait sur le petit bureau, la reprenait. L'aspect de ce papier fripé était joli. L'encre sur laquelle de multiples mains avaient glissé avait pris une patine agréable. Certaines lettres, certains mots avaient commencé à s'effacer. Au fond ça la fascinait cette accumulation de caractères noirs formant une image. Mais ce à quoi elle tenait le plus c'était que Félix le lui lise. Alors les phrases se chargeaient de sens. Ces hiéroglyphes se dévoilaient quand les mots étaient portés par la voix de Félix. Ça disait quelque chose de beau. Elle voulait que cette feuille qui contenait une beauté cachée lui soit révélée par la bouche de Félix. C'était même troublant, ces petits groupes de signes qui évoquaient le dehors, l'ailleurs, un mystère. Grâce à cette lecture un autre monde apparaissait, de ce tourbillon jaillissait la lumière. Ce bout de texte révélait des trésors qui se donnaient par l'intermédiaire de Félix. Ces mots la mèneraient sûrement ailleurs qu'à la maison, qu'à sa chambre, et l'immergeraient dans un espace différent de celui des rues vides du bourg, des trottoirs pour aller au supermarché, des sentiers qui conduisent dans les champs, à la rivière. Les paroles de Félix faisaient comme une rumeur lointaine et la rapprochaient de cet univers différent.

Félix aimait réellement Gil mais ça voulait dire quoi. Il ne le connaissait pas bien ce mot. Ou plutôt il le renvoyait à des états d'enfance, quand il était vraiment petit. Aujourd'hui, il le faisait rougir. S'il le laissait venir à son esprit, il se sentait démuni. Ce mot le bousculait, faisait une drôle de chose dans sa tête. Il l'associait à une odeur, à un son, à une marche, à une fille soulevant les épaules, rassemblant ses cheveux derrière son oreille. Malheureusement pour lui Gil sortait toujours le samedi soir. Elle montait dans des voitures, était raccompagnée. Elle parlait avec des garçons devant la maison, au bord de la route, disparaissait avec eux. Elle pouvait aussi jeter un coup d'œil à la télé, en rentrant, et s'asseoir à côté de Félix sans faire de bruit. À d'autres moments elle lui montrait des magazines ou l'acceptait près d'elle sur le dessus-de-lit mais rien de plus. Elle l'aimait bien voilà. Pourtant elle s'était mis en tête d'avoir une copie du petit texte. Félix avait donc décidé de lui dicter le paragraphe sur la fille disparue. Le soir tombait. Tout de suite elle était devenue attentive. Elle prenait la chose très au sérieux. Avec son crayon à la bouche, on aurait dit une élève exemplaire. Peut-être qu'elle aimait bien Félix. Lui sa voix tremblait. Elle protestait, lui demandait de parler plus fort. Elle se mordait la lèvre inférieure. Félix marchait de long en large. Il hurlait maintenant parce qu'il avait peur que ce moment ne lui échappe. Dans le petit texte la lumière était crue, faisait mal parce que la fille n'était plus là. Elle n'était plus qu'un souvenir. Heureusement elle était maintenant remplacée par celle de la maison. Elle était attirante, cette Gil qui était là devant lui. Félix ne savait pas où il allait mais il y allait sans hésiter.

Félix savait que Gil avait vécu plein de choses dont il n'avait qu'une vague idée. C'était bien qu'elle ait un beau corps, qu'elle n'en ait pas peur. Le gérant dans sa bouche c'était à la fois rien et une longue histoire. Tous les autres aussi dont elle alignait les noms. Était-ce vrai, tout ça? Félix y croyait. Il avait envie d'y croire et de ne pas y croire. Il aimait bien le mystère, il n'avait pas besoin de preuves, au contraire, ni de voir de ses propres yeux. Gil se levait tôt le matin, mais on ne savait jamais à quelle heure elle rentrerait. Elle vagabondait lors des soirées chaudes, à la recherche d'il ne savait pas quoi. À son retour il lui arrivait maintenant de venir dans la chambre du Garçon pour bavarder. Elle lui avait fait une petite place dans la maison, avait fini par s'attacher à lui. Pour elle sa chambre, son lit, c'était comme un couffin en plus. Félix se rendait compte de la chance qu'il avait d'être là, de faire partie de la maison. Il se gardait de faire du bruit, de s'agiter. De nuit en nuit, leurs rythmes s'accordaient de mieux en mieux. Félix avait un faible pour les petites heures fraîches du matin depuis que leurs portes de chambres restaient entrouvertes.

Il n'avait jamais rien possédé, ça n'avait pas beaucoup d'importance. Assis sur le lit de Gil il était heureux. De sentir qu'ils étaient à l'abri sous un toit, que les murs avaient l'air de tenir, ça suffisait. Il n'avait besoin de rien, d'un peu de vêtements, d'un bout de texte sur du papier chiffonné, c'était tout. Pour lui l'important c'était Gil et son dessus-de-lit doux comme une peau d'ours qui sentait la lessive. Après le repas, remontés dans sa chambre, elle tourbillonnait autour de Félix entre l'armoire, la fenêtre et le bureau en parlant à toute vitesse. Elle était passée devant le cinéma pour voir quel était le film à l'affiche, elle était descendue à la rivière, elle avait bu un petit blanc à la terrasse du café. Elle déversait tout en vrac, les garçons, le travail. Ça sortait de sa bouche en cascade. Tout y passait, le cinéma, la piscine où il faudrait aller, la rivière dont le lit ne cessait de baisser. Et puis c'était le père au mégot, sa camionnette déglinguée, les cafés, les verres au comptoir. Les choses aussi qui prenaient place dans les fossés qu'elle évoquait les yeux brillants, en soutenant le regard de Félix, en riant la bouche ouverte. Elle aimait le faire rougir, le mettre dans cet état des joues rouges, un mélange de gêne et de plaisir. Mais *Zut* elle devait repartir à la supérette, *Le magasin* elle disait. Elle prononçait *Jacky*, en accentuant le mot comme si elle le voyait gravé en capitales sur la gourmette du gérant. Du coup le nom sortait du cadre, remplissait l'espace. Avec un nom pareil Félix se demandait si le gérant ne la frappait pas. Mais non. C'était juste un prénom qui scintillait à la hauteur du poignet.

Qu'est-ce que vivait Gil là-bas au loin. Qu'est-ce qu'il y avait autour d'elle, dans la nuit. Des types dansaient avec elle ? Est-ce qu'ils lui parlaient, la regardaient dans les yeux ? De quelle couleur étaient sa jupe, ses chaussures à ce moment-là. Comment était son sac à main ? Était-elle grande au milieu de cette cohue, la plus belle sur la piste. Restait-elle toute seule dans un coin ? Était-elle ivre ? Ça faisait plaisir à Félix l'idée qu'on la remarque dans la foule mais qu'elle boive ça le mettait mal à l'aise. Lui ne buvait pas. La musique ne devait pas plaire à Gil à tous les coups. Il fallait que l'orchestre joue quelque chose de bien pour que ça l'intéresse. La soirée pouvait aussi virer au désastre. Félix avait entendu parler de ce genre de choses, que ça tournait souvent à la bagarre. Brusquement tout le monde se mettait à courir, paniquait, avait peur, s'écartait du fleuve. Gil aurait sûrement peur elle aussi, à cause de l'alcool et de la bousculade. Elle craignait que quelqu'un ne tombe à l'eau, entraînant les guirlandes, alors que l'orchestre continuerait de jouer. La piste était soudain vide. Il n'y avait plus qu'un vieil alcoolique, trop saoul pour danser. Personne n'était tombé à l'eau. Pas celui-là en tout cas. Il s'agitait en cadence, le verre à la main. Du fleuve arrivait un grondement. Le début de l'échauffourée avait été une excuse, plutôt une occasion de s'en aller. Tout le monde en avait assez. Est-ce qu'elle avait bu avec ses lèvres pleines de rouge à lèvres. Il aurait bien aimé entendre sa voix. Dans le bourg le bruit des camions s'était calmé. Du coup les sirènes de pompiers retentissaient avec plus de force et les lumières bleues tournantes des voitures de police semaient l'inquiétude. La nuit faisait mal à Félix. Il était allongé sur son lit. Le vent agitait les feuilles de l'arbre dans la cour. Il entendait aussi des coups de klaxon au loin. Nuit de samedi. Le père au mégot était dehors puisque les bistrots étaient encore ouverts. Il n'y avait jamais de bal dans le bourg. Pour danser il fallait se rendre dans la ville voisine. Félix ne savait pas très bien d'ailleurs où c'était. Il demanderait à Gil de lui montrer l'endroit sur une carte. Il aimait qu'elle lui explique des choses. Ici il ne se passait jamais rien. La fenêtre était ouverte, le chien ronflait, c'était l'endroit le plus inintéressant du monde. Ça lui plaisait pourtant de sentir l'immensité de la nuit au-dessus et autour de lui. Il avait une vague idée de la distance des étoiles, de celle de la Voie lactée. Ça ne l'effrayait pas, ça lui semblait normal. Ce qui lui faisait peur c'était les voitures qui ne reviennent pas, qu'on retrouve dans les fossés, qui sont tractées par les pompiers avec leurs gyrophares qui tournent au ralenti. Il essayait de se débarrasser de ces images. De toute façon ça se passait au loin, dans un lieu qu'il ne connaissait pas, dans une vie à laquelle il n'avait pas accès. Gil allait rentrer. Elle était toujours revenue, elle ne pouvait pas disparaître de la maison, de sa chambre. L'arbre dans la cour l'attendait, il ne pouvait pas exister sans elle. La maison c'était elle donc Félix n'avait pas de crainte à avoir. C'est du père au mégot qu'il aurait pu s'inquiéter mais quoi il y avait toujours une bonne âme pour le ramener. Il finissait la plupart du temps par s'en tirer, sans histoires, sans bruit. À cette heure-là il traînait dans les cafés ou dormait sur un banc près de la maison. Même le samedi soir Gil finissait par rentrer. Félix détestait ces bruits de sirène. Il était le veilleur du bourg, il le serait jusqu'à l'aube. C'était long. Mais il ne voulait pas s'endormir avant d'avoir reconnu les pas de Gil dans l'escalier. Il désirait qu'elle ait un regard pour lui, pour s'assurer qu'il était bien là lui aussi, que la maison était sauve. Avec Gil au bercail, le sommeil pouvait venir.

Gil montait et descendait sans arrêt l'escalier à toute vitesse. Vive, légère, alerte, elle était comme un courant d'air dans la maison. Elle arrivait pour repartir une seconde plus tard. La nuit, elle filait sans prévenir. Puis soudain elle était dans sa chambre, dans son lit. Félix l'entendait respirer dans son sommeil. Il imaginait sa poitrine en train de se gonfler sous la chemise de nuit. Il faisait jour c'était dimanche. Gil n'en serait pas pour autant plus accessible. Il y avait comme des cases dans lesquelles Félix ne savait pas quoi mettre. Quelque chose de mystérieux se dégageait du corps de cette fille. Félix aurait bien voulu savoir ce que c'était. Lors des stations sur le dessus-de-lit dans la lumière orange de certains après-midi, il avait été tout près d'elle mais ça ne lui avait rien appris de plus. Elle avait une vie cachée qu'il ne pouvait découvrir.

Dans une rue étroite du bourg, il y avait un vieux cinéma qui avait l'air abandonné. Une double porte en bois rouge à la peinture écaillée le signalait. Ça ressemblait à une grange à s'y méprendre. Félix s'était demandé qui tenait ça. Passé la grande porte et après l'achat des billets, Gil et Félix se retrouvaient coude à coude avec quelques inconnus et une vendeuse de bonbons et de pop-corn. Ça avait le don d'impressionner Félix. Les fauteuils grenat, les lumières rouges lui donnaient une impression de luxe. L'écran restait blanc et vide un long moment puis la salle s'assombrissait lentement. On entendait des chuchotements, des bruits de salive. Félix était pour de bon enfermé avec Gil. La musique, l'attente, leurs corps qui se touchaient le mettaient mal à l'aise. Alors l'envie le prenait de courir avec elle dehors, à l'air libre. Tandis qu'il sentait sa chaleur, le silence s'installait. Il n'osait pas ouvrir la bouche, ni se tourner pour la regarder. Sa nuque, ses jambes, ses bras étaient raides, sa gorge serrée. Gil était là à côté de lui avec son corps insolite de fille. Sa présence le pétrifiait. Il n'aurait pas été capable d'aligner trois mots, encore moins d'organiser une phrase. Il regardait les lumières des sorties de secours, au haut du mur et au sol. Il s'efforçait de rester calme. Dans sa tête défilaient la ruelle avec son réverbère unique, la lourde porte cochère en bois. Le corps de Gil faisait bondir quelque chose dans sa poitrine. Quand le film a enfin commencé, Félix s'est senti libéré, sa peur s'est dissipée. Gil respirait en même temps que lui, ils partaient côte à côte dans l'imaginaire. En plein jour, quand il passait devant le cinéma, la porte rouge était toujours fermée.

Comment serait Gil dans deux ou trois ans ? se demandait Félix. Lorsqu'elle aurait une vingtaine d'années. Ce ne serait plus les mêmes vêtements, mais les couleurs seraient à peu près semblables. Des jupes courtes, des hauts clairs. Ce qui resterait inchangé serait à coup sûr la lingerie. Les dessous en dentelle avec toutes sortes de motifs, des fleurs, des étoiles. Un petit trésor qu'elle contemplerait avec plaisir après le grincement d'ouverture de la porte de l'armoire. Les vêtements seraient en tas mais propres avec une bonne odeur. Ça sentirait les trucs de fille. Dans le miroir accroché à la porte, Gil scruterait son visage, ses seins et, en se reculant un peu, son ventre et ses jambes. Sur l'étagère du haut les parfums, le maquillage, les crèmes seraient toujours en place. Les étiquettes éraflées, quelques flacons éventés apporteraient leur mystère. Il y aurait une odeur de laine et de soierie. Les coins sombres de l'armoire resteraient un véritable gouffre avec peut-être les boucles d'oreilles en plastique bleu rappelant l'école. Est-ce que Gil grandirait encore. Bien sûr Félix ne pouvait pas deviner l'avenir. Mais les cheveux blonds ébouriffés et la peau blanche seraient toujours là. Chaque fois qu'elle ouvrirait la porte de l'armoire elle retrouverait l'odeur des jours passés.

Parfois en fin d'après-midi il y avait des moments de calme, où l'activité s'arrêtait après le travail. L'agitation tombait. Du coup tout le monde était un peu perdu, dans le creux de la vague, comme assoupi. Le repas était en attente. Par les fenêtres ouvertes on entendait une petite musique venant d'un camion arrêté au feu rouge. Gil était allongée dans sa chambre, le père au mégot tranquille sur le canapé. L'air chaud continuait d'entrer avant la tombée de la nuit. Les portes entrebâillées donnaient l'impression que les pièces étaient reliées entre elles. Ils étaient tous là. Grâce à l'escalier central ils étaient connectés les uns aux autres. Personne ne voyait personne. C'était juste la maison qu'ils laissaient ouverte pour le plaisir, pour avoir un soupçon d'air sur la peau. Des voitures passaient encore, mais ça comptait peu. Pour Félix c'était la satisfaction d'avoir échappé à l'odeur du bitume, d'oublier la sueur, la lance à goudron et le râteau. Gil avait eu froid à la supérette mais elle se réchauffait maintenant. On avait laissé les choses en plan personne ne s'en souciait. Le temps coulait à peine. Plus tard Gil descendrait dans la cuisine, s'activerait sans faire de bruit, pour préparer le dîner. D'un moment à l'autre le père au mégot sortirait de sa rêverie en sursautant et demanderait l'heure le regard perdu. Pour aller où ? Au café à coup sûr. À cet instant tout paraissait encore suspendu. Félix veillait sans bouger un cil. Il tendait l'oreille pour écouter le moindre craquement de la boiserie. Il voulait jouir de ce moment qu'il savait fugace. On allait l'appeler et ça casserait tout.

Gil qui venait de quitter la boutique allait droit devant elle, un peu sauvage. Rien n'arrêtait son regard. Pour une fois elle portait des talons et sous la blouse laissée ouverte, une jupe à fleurs. Elle avait immédiatement tourné à droite pour s'écarter du chemin de la maison. Elle s'éloignait de la rue principale du bourg, du centre, des commerces. Elle semblait se diriger vers la rivière. Elle passait devant l'école, longeait le trottoir, avec toujours le bruit clair de ses talons. Après c'était la longue route devant des immeubles grisâtres, devant le stade, et un peu plus loin le cimetière. La vie se vidait de ce côté-ci, les maisons étaient plus clairsemées. Les habitations s'espaçaient, montaient dans les hauteurs, se retranchaient. Les jardins privés apparaissaient avec leurs grandes clôtures vertes. Gil marchait vite. Les distances n'étaient plus les mêmes, le soleil, l'air étaient nouveaux, comme neufs. Elle avait chaud, ses cheveux se collaient à son front. Elle apercevait des enfants au loin, elle ne s'arrêtait pas. Elle gagnait le chemin de gravier qui descendait jusqu'à la rivière. Une voiture arrivait, se rangeait sur l'esplanade à côté de la salle des sports. Gil était maintenant derrière le talus. Un homme en costume, en chemise blanche descendait de la voiture. Lui aussi empruntait le chemin de gravier. En bas il n'y avait personne. Les rares promeneurs avaient disparu. Rien que la rivière longue et ses reflets, les sous-bois, la végétation dense. Gil ne voyait que ça, l'eau. Elle ne sentait que ça l'herbe verte et humide sous son corps. Ça la rafraîchissait les miroirs d'eau après la marche, la pénombre après le soleil. L'homme portait le costume. Le costume. Cette chose chic, impeccable qui en jette. Une veste bleu marine qu'il ne fallait pas froisser, une chemise qu'il ne fallait pas froisser, un pantalon qu'il ne fallait pas froisser. Gil entendait les balançoires au loin. Elle s'agrippait à ce corps d'homme. *Peut-être que je pourrais t'épouser. J'aimerais bien. Il faut que je voie ce qui est possible, que je réfléchisse. Je vais y penser.* Il réajustait ses vêtements, les époussetait, lissait les plis. Il cherchait la bonne méthode pour sortir dignement du fourré. Il avait dit *À bientôt, je repasserai au magasin.* Il s'était levé, ne s'était pas retourné. Il s'éloignait du bord de la rivière. Il faisait mine de réfléchir. Alors dans cette certitude que personne ne le voyait, il s'était tourné vers elle et avait fait un petit signe contrit. Puis il s'était remis à marcher comme quelqu'un d'important, de préoccupé, plongé dans ses pensées. Ensuite il avait accéléré, rejoint sa voiture sans lever la tête. Il avait démarré, était parti. En bas il faisait frais, Gil avait cherché le soleil pour se réchauffer. Elle avait saisi sa culotte blanche dans l'herbe et l'avait fait glisser le long de ses jambes. Ses vêtements s'étaient remis en place facilement. Elle était remontée sur le chemin de petits cailloux blancs, étincelant, avant d'atteindre la route, le goudron. Ça avait réchauffé ses jambes, réchauffé tout.

Ça lui avait serré la gorge à Félix d'apercevoir les fesses du type ce jour-là à la rivière. C'était la première fois qu'il voyait ça en vrai. Ça lui a fait drôle. En plus Gil était en dessous. Il ne distinguait que ses cheveux dorés. Il entendait le silence plus distinctement que d'habitude tandis que les fesses trop blanches et plates s'agitaient. En découvrant la ligne du corps incliné qui recouvrait Gil, Félix a senti comme une morsure au ventre. Pénétrer ce corps-là comme ça au beau milieu de l'herbe haute, ça donnait la chair de poule. Il ne savait pas si c'était à cause du type et de ses fesses, ou de sa présence à lui. Le pantalon aux chevilles, les jambes tendues s'agitaient, se crispaient. Félix suffoquait. Son visage était aussi blanc que les fesses du type. Il était témoin de ça, il écarquillait les yeux sans le vouloir. Ça le choquait mais il ne pouvait pas s'en détacher. Ce qui se passait là lui faisait battre violemment le cœur. Il avait envie de fuir et de rester. Il était figé, ahuri. Il ne reverrait certainement pas ça de sitôt. Pourquoi était-il venu là ? Par curiosité évidemment. Il savait fort bien ce qu'il voulait voir mais que pourtant il ne désirait pas voir. Il aurait préféré l'avoir surpris par accident, par hasard. Au moment où il avait voulu fuir c'est là qu'il avait vu. De toute façon il était exclu de cette chose-là. Il était à la fois dehors et dedans. Ça hurlait en lui, ça grondait. Ça laissait sa poitrine s'emplir de sanglots qu'il essayait de ravaler. Est-ce parce qu'il n'y était pas ou parce qu'il y était. Il était face à cette énigme, comme face à rien, comme face au vide. Il en avait assez d'être bêtement debout à la lisière du bois au bord de la rivière, à ne pas savoir quoi faire, à ne pas savoir comment partir. Il pouvait seulement aimer Gil, l'aimer bien comme on aime bien, comme on aime sa grande sœur. Il n'avait pas accès à ça encore. Ce n'était pas lui, ce type-là. Cette chose ne lui appartenait pas.

Gil avait un visage ouvert, accueillant. Elle écoutait les recommandations du père au mégot avec une patience d'ange en particulier le jour où il avait décidé de les conduire à la piscine. Gil et Félix n'avaient pas vraiment compris pourquoi. Quelqu'un avait peut-être dit au père au mégot que c'était bien de faire ça. Ou alors au bar on lui avait lancé *Ta fille tu ferais mieux de l'emmener à la piscine.* Au café le père au mégot avait toujours des larmes au bord de ses yeux bleus. Mais ce genre de choses il pouvait l'entendre. Alors il avait proposé de les emmener se baigner. Une résolution prise sur un coup de tête, prononcée au bout du mégot un dimanche après-midi. Ils avaient traversé un bourg désert. La camionnette les avait déposés devant l'établissement municipal, construit au milieu d'un parc. Le père au mégot avait dit *Je viendrai vous chercher.* Félix avait suivi Gil pour entrer. Elle connaissait l'endroit. Ensuite elle avait filé, il n'en finissait pas de se déshabiller. Il y avait de l'électricité dans l'air. Félix n'aimait pas, il y avait trop d'agitation, trop de bruit. Après la sortie du pédiluve, les réverbérations agressaient. La lumière zénithale se reflétait dans l'eau, du coup on ne voyait presque rien. Félix avait pourtant fini par retrouver Gil qui l'attendait, debout en pleine lumière, en maillot deux pièces, ses cheveux clairs et flamboyants. Il avait marché vers elle, pieds nus sur les dalles de granit. L'eau était d'un joli bleu, transparent, intense. Elle donnait à Félix l'envie de s'y plonger. De disparaître sous l'eau, d'observer les enfants nager au-dessus de lui. Il apercevrait peut-être le corps de Gil en mouvement. Elle avait lancé *On va s'asseoir là-bas.* Félix avait étendu leurs serviettes sur les dalles, devant le grillage entourant le parc, et ils étaient partis se baigner. Il y avait foule dans l'eau. À l'évidence Gil ne nageait pas très bien. Ça ressemblait à la brasse mais elle avait surtout l'air de s'agiter pour ne pas couler. Elle ne s'éloignait pas du bord, elle savait que c'était mieux de ne pas tenter le diable. Elle avançait par à-coups mais arrivait pourtant à éviter les autres baigneurs. Félix la suivait du regard tandis qu'elle traversait le bassin. Avec son deux-pièces jaune et ses cheveux relevés, malgré sa nage de petit chien, c'était beau de la voir. C'était joli sa manière de se débattre au milieu de tout ce monde, de ces cris. En fait les gens ne nageaient pas, ils s'agrippaient aux rebords, ils s'agglutinaient dans les coins. Les enfants aimaient surtout courir le long du bassin, se pousser dans l'eau, se bousculer, se tirer les cheveux. Félix se demandait combien de gens pouvaient barboter là-dedans. Debout près du bord plissant les yeux, il enviait ces enfants. Il aurait aimé courir lui aussi. Finalement il s'est jeté à l'eau pour profiter de ce bleu qu'il ne pouvait pas avoir pour lui seul. C'était trop grand. La tête sous l'eau, il écoutait les bruits aigus venant du fond. Après deux ou trois longueurs, Gil est sortie du bassin pour aller s'allonger sur sa serviette et se sécher au soleil. Félix l'a suivie. Ils ont somnolé pendant longtemps en silence côte à côte. Mais finalement Félix en a eu assez. Il s'est levé. Gil s'est redressée pour regarder le bassin, les enfants, le parc derrière eux, comme à l'affût de quelque chose. Mais les gens commençaient déjà à quitter la piscine. Il faisait moins chaud. Tout à coup elle a remarqué le maillot de bain de Félix. Elle y a juste jeté un coup d'œil comme malgré elle, et ça lui a fait quelque chose. Il était bleu ciel, en tissu fin. Le corps de Félix dans ce maillot n'était plus celui d'un enfant. La proximité des corps était troublante. Quelque chose prenait vie avec intensité et fragilité. L'air chaud venant du parc les caressait. Félix s'était rendu compte que Gil avait remarqué la chose. Il n'avait pas bougé, il avait attendu que ça passe. Elle avait été surprise. Elle voyait le corps de Félix exister comme dans son commencement. Quelque chose de nouveau arrivait. Un jeune garçon devenait un homme. Ce garçon et cette fille vivaient un instant bizarre, un grand moment de trouble au bord de la piscine. Ce n'était pas elle qui avait décidé, elle n'avait pas voulu voir. C'était simplement en tournant la tête qu'elle l'avait découvert. Félix n'avait pas bougé d'un pouce. Il se demandait s'il allait regagner les cabines ou pas. Il a regardé les enfants, le marchand de confiseries avec ses rangées de bonbons colorés et son chapeau de paille. De toute façon il allait être l'heure de partir. Gil dans une fraction de seconde avait découvert quelque chose qui la laissait sans voix. Cet instant avait tout changé, bouleversé la donne. Félix n'avait rien fait, rien dit. Il était parti se rhabiller.

Gil ne l'avait pas quitté des yeux. Elle était abasourdie, légèrement gênée. Elle n'avait jamais ressenti un choc de cet ordre. Son corps avait été touché d'une drôle de façon, bouleversé par une enfance en train de disparaître. Elle serait bien allée nager à nouveau, s'engouffrer dans l'eau pour rafraîchir ce corps trop chaud, le faire taire. Il n'y avait rien à dire, rien à dire à Félix en tout cas. C'était insupportable cette brûlure. Elle ne voyait plus ce qui se passait autour d'elle, ne sentait plus les dalles chaudes, le contour des gens devenait flou. Ces sensations n'étaient pas elle. Elle ne les avait jamais éprouvées, n'avait jamais entendu parler de ça. Elle voyait plein d'hommes, mais ce n'était pas du tout la même chose. C'était comme un autre temps, dans d'autres lieux. Des fuites en avant, des échappées, juste des corps et de la sueur. Ici un maillot de bain demandait simplement à être ôté. Drôle de chose. Elle avait connu les rencontres d'un moment, les plaisirs de passage, les violences simulées ou réelles, les corps qui s'entrechoquent, avides, insaisissables, vite oubliés. Et voilà qu'un jeune homme apparaissait derrière un fin tissu bleu ciel. Quelque chose surgit qui bouleverse tout. Le Garçon n'était plus le Garçon.

Après la fermeture de la piscine Gil et Félix attendaient l'arrivée du père au mégot. Il avait oublié. Le soleil descendait lentement. Les ombres s'allongeaient sur le sol. Debout contre le mur tiède de l'entrée, ils avaient la sensation d'être un peu mouillés à cause des cheveux pas vraiment secs. Heureusement il faisait encore chaud, l'été s'étirait. Leurs corps au contact de l'eau s'étaient détendus. C'était bon cette fatigue, cette mollesse, ce temps suspendu. Bientôt il n'y aurait plus personne, les enfants des Gitans auraient regagné leurs campements après les avoir toisés au passage. Ils dégageaient une sorte d'hostilité, une espèce de rivalité des jeunes corps. Félix était maintenant une protection. Pourtant les petits Gitans ne roulaient des épaules que parce que Gil était là. Avec le jour qui baissait, le silence se faisait plus présent. Les voix des quelques employés qui restaient encore résonnaient maintenant étrangement dans les vestiaires. Le ronflement des moteurs de chauffe avait cessé, la piscine se mettait au repos pour la nuit. Gil et Félix gardaient le silence. Ils espéraient seulement voir arriver l'improbable père au mégot. Ça risquait de durer. De quoi était faite cette fin d'un après-midi d'été ? De rien, d'une lumière glissante, de deux adolescents aux corps à peine secs qui attendent contre un mur de dalles chaudes. Voilà à quoi ça ressemblait. Mais il était où le père au mégot ? Bien sûr il ne les avait pas complètement oubliés. Le garçon et la fille étaient soudain déboussolés.

Contrairement à son habitude, Gil était rentrée en faisant beaucoup de bruit en ne marchant pas droit. Le père au mégot n'était pas là, il dormait chez une femme quelque part dans le bourg. Bouche cousue. Rien n'était jamais dit. Tout flottait, ce n'était pas la peine de dire les choses, elles étaient devinées, c'était dans l'air. Elles pouvaient être gardées en suspens, non élucidées. Gil avait fait un bruit du tonnerre en rentrant cette nuit-là. Dès la porte d'entrée, dans l'escalier, elle tanguait comme un bateau dans la tempête. Elle avait les yeux rouges et la bouche ouverte, la chemise dégrafée. Elle riait, chantonnait. Mais très vite elle a déchanté. Après quelques allers-retours à la salle de bain pour boire de l'eau, s'en asperger le visage, son corps s'est mis à lui peser, sa tête à danser. Elle s'est immobilisée pour s'appuyer au mur. En utilisant ses dernières forces, elle a souri à Félix et lui a lancé quelque chose d'incompréhensible. Peut-être le nom de quelqu'un ou celui du chien ou d'un lieu. Elle s'est assise sur le lit puis s'y est allongée. Elle a porté sa main à son front et a bredouillé *Ça va passer.* Ensuite il y eut un long silence. Elle a murmuré quelque chose comme *Ça va passine.* Félix a compris qu'elle réclamait une bassine. Il a couru la lui chercher. Il a déniché un ustensile en plastique violet qu'il a mis à côté de son lit. Elle a presque fourré la tête dedans avant de se mettre à vomir. Les hoquets et les bruits de liquide ont duré un bon bout de temps. Félix a tenté de lui tenir la tête pour l'aider mais elle se débrouillait bien toute seule. Ils étaient serrés l'un contre l'autre au-dessus de la cuvette en attendant que ça cesse, qu'elle rende tout et que ça aille mieux. Félix évitait de parler.

L'ampoule électrique était éblouissante, le liquide giclait contre les parois de plastique avec un bruit de cascade et les couleurs vives de la chambre devenaient agressives. Il avait aussi un peu la nausée mais ça n'allait pas trop mal. Quand elle s'est mise sur le dos il s'est penché sur elle pour voir son visage, regarder si elle tenait le coup. Elle a fermé les paupières. Au bout d'un moment ils ont senti que le plus gros était passé, la tension était retombée, l'estomac s'était détendu. Gil avait arraché Félix à son lit et maintenant il la veillait. *Tu peux lumière ?* Elle s'était lovée, mise en boule comme un chat. Félix a éteint et il est allé nettoyer le récipient. Il aimait bien avoir à rincer cette bassine tandis que les portes des chambres étaient ouvertes. Il est retourné vers Gil et il s'est assis au pied du lit. Elle s'était endormie. Il a apporté son édredon pour la couvrir, il sentait qu'elle avait froid. Il l'a couvée en regardant de temps en temps la fenêtre pour voir si le jour arrivait. Il a commencé à se refroidir et il est allé chercher une couverture dans la chambre du père au mégot. Ensuite il s'est assoupi la tête contre le matelas, près du visage de Gil. Mais tombant de fatigue, il s'est couché par terre et le chien est venu se coller contre sa cuisse. La nuit s'était calmée. Le retour fracassant de Gil était oublié. Finis les soubresauts de la jeune fille qui a trop bu. Elle dort, recroquevillée, le visage enfoncé dans l'oreiller. Son mascara a coulé, agrandissant le cerne de ses yeux. La lumière provient maintenant des deux réverbères de la rue. Les sommeils et les rêves de Gil et de Félix vont s'emmêler jusqu'à l'aube.

Depuis peu les jours raccourcissaient. Le stage touchait à sa fin. Félix savait qu'il allait partir, que l'été était sur le point de s'éteindre. Ils avaient découvert ensemble ces informations dans le questionnaire. Il y avait des dates précises écrites noir sur blanc. Une chose était particulièrement terrible : bientôt Félix s'en irait. Il était venu pour rédiger un rapport et il avait pris ce travail au sérieux. Il s'était assis le soir sous la lampe à l'abat-jour frisotté avec Gil en face de lui pour lui poser des questions qu'il aurait dû, certes, poser à son père. Le père au mégot n'y tenait pas et ça avait plu à Félix d'interroger sa fille. Il pensait qu'il allait quitter le bourg, la maison, la fenêtre, cette chambre et ses quatorze ans.

Ils étaient arrivés au bout du capital des jours, l'air le disait, la couleur du ciel aussi. Il faisait moins chaud. Gil, au cours d'une dernière balade sur le sentier qui mène à la rivière, s'était accroupie pour faire pipi. En heurtant les cailloux le liquide avait fait un bruit assourdissant qui n'en finissait pas, qui semblait atteindre l'horizon. Ensuite, avant d'être absorbé par la terre, il avait coulé en direction de la rivière en grosses gouttes claires, intarissables. C'était une des dernières choses qu'elle avait données à Félix, un avant-goût de l'automne ou un rappel du torrent de l'été. Les cailloux blancs, la terre brune, la culotte baissée, les cuisses ouvertes, les fesses au ras du sol et son regard heureux en se redressant avaient frappé juste. C'était comme un éclat de rire joyeux et tendre. Ça avait quelque chose de plus grave aussi, de plus saisissant, c'était le moyen de mettre sa marque sur le chemin de la rivière. Félix était piégé, elle le ferait sans fin revenir à cet été-là. L'été qui était déjà derrière eux. Les ciels qu'il y avait eu, les lumières, les jours longs et bleus, merveilleusement interminables. Et aussi par contrecoup les stations dans sa chambre, la maison, l'escalier, les vêtements qu'elle avait portés, l'odeur du chien. C'était ça qu'elle avait imprimé dans la terre. C'était ça qu'elle avait inscrit en Félix en le regardant dans les yeux, en faisant couler ce liquide entre ses jambes. Toujours cette petite rigole ramènerait la maison, les jours passés, Gil, ses jupes claires, ses jambes fines. Elle ne disait pas au revoir, elle accrochait Félix à elle, le retenait, l'emprisonnait. Ça n'avait rien à voir avec une dernière promenade au bord de la rivière, avant de rentrer à la maison.

Et puis elle allait en avoir assez. Ce garçon qui traînait là à ses côtés, elle allait se glisser dans son lit, juste une fois, se mettre sur lui, sans rien lui demander, sans crier gare, pour le capter. Ce serait fait, elle aurait pris Félix. Au petit matin, dans la pénombre, en silence elle s'était posée à côté de lui avec autant d'agilité qu'un voleur de pommes. Une silhouette était entrée dans le lit, les cheveux lourds, les jambes fines, vêtue d'étoffes transparentes et d'une culotte blanche. Dans la chambre, la lumière s'était déposée comme une poussière. Et puis vite, très vite, ce fut seulement l'ombre du corps dans le demi-jour et le temps arrêté. Rien n'avait plus de poids. Finie la pesanteur, balayées les maisons mortes du petit matin avant le travail. Gil s'était emparée de ce moment n'appartenant à personne pour mettre la main sur ce prétendu apprenti. Qu'il ne reparte pas comme il était venu. Il fallait le secouer sous la couette, aller le chercher, le découvrir. Elle avait sauté dans le maelstrom en soulevant le drap pour goûter au garçon défendu. Prendre et donner dans un même mouvement, donner en silence quelque chose de réclamé, faire le don du poids d'un corps, tout en étant légère comme une ombre. Cadeau de l'aube fraîche. Un instant de vie à peine plus réel qu'un rêve. Qu'est-ce qui lui avait pris ce matin-là à Gil ? Elle était sans doute venue rejoindre Félix pour garder la trace de ce moment, pour exalter son souvenir.

Toutes les nuits se sont concentrées en celle-là, englobant les jours et les chemins. Tout s'y est retrouvé. Le temps s'est élargi pour faire réapparaître les vieilles sensations des sommeils de l'enfance. Tout a affleuré là, s'est déposé là. Ce n'était pas une victoire mais une immense chance. La chance était tombée sur Félix, avait surgi de la nuit, s'était glissée dans son lit. Il ignorait qu'on pouvait mourir de cette manière si douce dans le petit matin. Il était submergé, envahi par la beauté des choses. La vie l'avait mordu au ventre. Par la suite le matin il rêverait souvent à cette morsure, à cette ombre venue dans son lit l'enlever, le prendre, le faire plonger, l'avaler. Il n'était plus le même. Une part lui avait été enlevée, celle nommée enfance si lourde à porter. Celle de la maison de plain-pied avec ses chambres d'enfants et son gazon pelé. Envolé tout ça. Pas toute l'enfance bien sûr, mais ce corps lourd qu'il fallait trimballer. Une traversée vers quelque chose de nouveau, vers la légèreté. Après il n'y aurait plus que la sensation d'un voyage. Gil s'était avancée comme une voile, était repartie comme la houle. Impossible de s'emparer des vagues. Elles ne se laissent pas attraper. On ne peut que plonger dedans.

La dernière semaine avant la fin du stage, Gil n'était pas rentrée après le bal. Félix ne savait que penser. Envolée, plus de Gil. Cet après-midi-là elle avait traversé la maison, la peau encore chaude et rouge de soleil, les cheveux coiffés, mais les yeux légèrement cernés. Elle était montée dans sa chambre, pour se changer, pour se maquiller. Elle avait mis des chaussures à hauts talons, puis avait filé sans dire un mot en laissant une odeur de parfum dans la salle de bain et dans l'escalier, ce qui était rare. Quelque chose l'avait jetée sur la route, un rendez-vous sans doute. Une voiture s'était arrêtée dans la cour. Le père au mégot avait vu la bagnole, entendu le bruit du moteur et celui d'une portière qui claque. Félix aussi. Mais la voiture avait fichu le camp tout de suite. Alors Gil était probablement partie à pied vers le stade qu'elle connaissait bien. Elle y avait emmené Félix plusieurs fois. C'était un lieu habituel de rencontre pour les jeunes. Ils partaient de là pour aller dans la campagne, dans les bourgs voisins, au bal. Que s'était-il passé ? Gil n'était pas rentrée le samedi soir. Le dimanche son absence se prolongeait, le père au mégot avait trouvé ça bizarre. Il avait donné des coups d'œil à l'horloge mais sans s'inquiéter outre mesure. Il avait continué à manger son pain trempé dans le café au petit déjeuner, à aller au bistrot. Mais le lundi Gil n'était pas là. Ce n'était plus du tout normal. Félix aurait dû se douter que ça allait arriver. Il faudrait bien pourtant qu'elle rentre à cause de son travail au magasin. C'était ce qu'il espérait. Elle ne s'était jamais enfuie comme ça. Très vite c'était devenu une attente de tous les instants. Il allait de la chaise au canapé, il marchait de long en large, il n'arrivait plus à rester en place. C'était oppressant d'être seul dans cette maison. Il se préparait des sandwiches qu'il avalait sur un tabouret devant la fenêtre. Le père au mégot, avec la main sous la casquette pour se gratter la tête, le plantait là, en disant qu'il allait revenir. Mais il finissait toujours par échouer au café et y rester. Le soir arrivait, se prolongeait, durait, la nuit tombait. Gil n'était toujours pas là. L'odeur de parfum accrochée au bois de l'escalier était désagréable. Est-ce qu'elle rentrerait pour aller au magasin, ou est-ce qu'elle avait fait une fugue ? Et avec qui, dans quelle voiture, vers quelle destination.

La fille en jupe et en tee-shirt, au maillot de bain jaune safran semblait avoir disparu. Elle aurait oublié Félix, oublié le mur chaud de leur longue attente, la nuit de rêve. Par quel autre corps avait-elle été attirée ? Dans quelle voiture était-elle montée ? Elle s'était bien sûr mêlée à l'agitation du samedi soir. Des bras l'avaient enlacée, emmenée dans la nuit noire ou alors c'était un rendez-vous dans une cabane, au milieu des bois sous le ciel étoilé. Un lieu loin de tout, sans bus, sans car, sans route. Juste la nuit pleine et entière qui la comble. Ou alors, imbibée d'alcool, elle s'était perdue dans un endroit inconnu, s'était laissé séduire par une forme d'inconscience. C'était peut-être ce qu'elle voulait : disparaître. Si c'était ça Félix n'avait aucun moyen de la retenir.

Le père au mégot est resté à ne rien voir avec ses gros yeux un peu humides. De toute manière son horizon était limité et même dans sa spécialité, les routes, les fossés, le goudron, il ne voyait pas plus loin que le bout de son nez. C'était brumeux, épais comme un verre qui aurait blanchi. Il traînait au café, restait assis de longs moments dans la camionnette sans bouger. Dans la maison il marchait hagard, secouait son paquet de cigarettes pour en sortir une, l'allumait. On entendait le bruit du briquet dans le silence. Il restait à la surface des choses. Au comptoir, devant son verre, le père au mégot tournait la tête vers l'entrée quand quelqu'un arrivait. Ses yeux clairs ne fixaient personne, ils semblaient se perdre dans le vide. Son esprit était ailleurs, pas non plus dans la maison, pas non plus à travailler sur les routes. Quand il prenait la camionnette, il s'arrêtait au bord des chemins pour faire un somme. Il regardait d'abord le sol avec un hochement de tête puis levait la tête en direction des branches. Il voulait rester dans le bleu, dans le gris. Néanmoins, devant les copains, il se tenait droit. Il n'avait jamais flanché quand il était ivre. Il ne flancherait pas maintenant. Ni lui ni Félix ne savaient si Gil reviendrait, s'il lui était arrivé quelque chose, si elle était vivante. Le bourg ne semblait pas s'alarmer. Une Gil qui s'envolait ça n'avait pas de quoi mettre les gens en émoi. De toute façon le père au mégot n'en parlait à personne, évitait de poser des questions. D'ailleurs ses acolytes du bar auraient été bien incapables de lui répondre. Les jeunes, ces vieux bonshommes avaient oublié jusqu'à leur existence, quant aux bals ils n'y mettaient jamais les pieds. S'ils se retrouvaient au café c'était pour gémir, se plaindre. C'était ça leur passe-temps. Inertes, indolents, ils n'étaient vraiment pas responsables de leur vie misérable. Alors une Gil qui disparaissait, même s'ils en avaient été informés, c'était sans importance. Non il y avait la place pour tout sauf pour ça. Gil était insaisissable, incompréhensible, agaçante. C'était autre chose le malheur, ça n'avait pas de nom. Il leur suffisait de se regarder entre eux pour comprendre. Donc le père au mégot restait à attendre qu'un jour peut-être elle revienne, à y penser mais à ne rien faire.

À attendre en buvant, les larmes aux yeux, et en riant par petits coups de temps en temps. Félix était maintenant presque toujours seul dans cette grande maison vide, abandonné de tous, à ne pas savoir quoi faire, à se demander pourquoi on l'avait laissé là. Il détestait surtout l'arrivée de la lumière du soir. Il bougeait le moins possible. Lorsqu'il devait se préparer un sandwich, il marchait en silence, comme si c'était le beau milieu de la nuit. Heureusement il y avait ce chien qui sentait ce qu'il sentait mais qu'il aimait bien. Il devait le nourrir, c'était une occupation. La fille aux jambes blanches avait déserté. Félix ne savait pas si elle faisait ça souvent. Peut-être qu'elle était partie de manière définitive. Elle avait disparu, avait été séduite par autre chose. À cause de son âge, de ses vêtements, de sa place de faux apprenti, Félix ne faisait pas le poids dans la maison. Il était un garçon d'accord mais trop jeune pour elle. Gil l'avait planté là, faisait autre chose, ne se souciait pas de lui, avait plongé dans l'inconnu. Ou au contraire dans le connu. Ce qui était sûr c'est qu'elle avait abandonné Félix. Le soleil et l'été s'étaient fait la malle.

Félix a hurlé devant la fenêtre ouverte, face à l'immensité du vide. Il a hurlé ou il a cru hurler. Le corps cassé en deux par la sensation de la perte. Son cri a résonné dans la cour, dans les montagnes, partout. Ce n'était pas Félix qui criait. C'était le cri anonyme devant la mort. Il résonne toujours. Gil lui était arrachée. Une mort idiote. Un corps bleu au bord de l'eau, une noyade. Quelque chose de trivial, la rivière, de la terre, de la boue, des broussailles, une vague odeur d'alcool, du vomi. Mourir les cheveux collés au visage la chemise ouverte ça glace le sang. Gil sortait brutalement du cadre. D'un seul coup elle n'était plus là. Pourquoi était-elle arrachée à la vie, à Félix sans raison, enlevée à la maison, à la supérette, à la piscine. Sa disparition foudroyait l'été sans que Félix puisse jamais savoir ce qui s'était passé. Juste un fait divers. Dans un commerce, au coin d'une rue, sur la place du marché, deux adultes diraient en hochant la tête *La fille du canto s'est noyée.* Qu'on ne dise surtout pas son prénom. Son prénom appartient à Félix.

Voilà. Félix était dans le train, hébété, perdu, parti de la maison. Il avait quitté le père au mégot, le chien, l'escalier, le canapé. Le bruit des rails n'arrivait pas à l'arracher à sa peine. Il avait eu quinze ans. Ces quelques semaines de plein été, la maison, le cinéma, la piscine avaient mis sa vie sens dessus dessous. Il avait arpenté les routes au soleil, roulé dans une camionnette déglinguée, suivi le père au mégot pour explorer le bourg et la campagne environnante. Seul, il avait découvert les rues pavées, des ruelles si sombres qu'elles ne semblaient pas vraiment exister, comme ce cinéma tellement bizarre. Il était resté debout au café, à côté du père au mégot, à attendre qu'on lui dise quoi faire. Il avait été assis sur le canapé à faire corps avec l'odeur du chien et du couffin. Il avait encore dans la tête le bruit des camions. Il gardait le goût des pâtes, des pommes de terre à l'eau, des choses fades et chaudes qui fondaient dans la bouche après le travail de la matinée. Il revoyait les apparitions de Gil dans l'escalier, devant la porte de sa chambre, dans le couloir qui allait à la salle de bain. Il avait tremblé d'aller se coucher si près de sa chambre. Il avait entraperçu la violence sexuelle des corps au bord de l'eau, dans la réserve de la supérette. Il avait vécu une nuit magique, entre toutes. Une nuit qui ne se dit pas.

Il retournait vers un autre lieu, vers un autre lit. Gil et le père au mégot devenaient flous, le chien aussi. Peut-être que c'était de l'imagination tout ça, qu'il ne savait pas au juste ce qui s'était passé. Des inventions provoquées par les circonstances et le stage. Ce n'était sans doute pas tout à fait réel cette histoire. Quelque chose s'était passé, quelque chose avait existé. Gil, la fille mince aux jambes fines et blanches, n'était pas un rêve. Ni le soleil, ni le chien, ni le père au mégot. Ni les allées fraîches du supermarché, ni les routes sentant le goudron, ni les chemins de castine qui conduisaient du côté des fermes. Félix allait tenter de mettre des mots sur tout ça. Avec précaution il irait chercher Gil, le soleil, la maison pour tenter de retenir ce qui lui avait été enlevé, pour annuler le rapt. Il reviendrait sur les lieux où il avait connu un travail fatigant, des soirées les fenêtres ouvertes et une nuit magique. Il fouillerait sa mémoire le stylo à la main, pour retourner aux réveils du matin, à ces moments dans la maison fraîche encore de la nuit. C'est là qu'il viendrait chercher Gil, pour que resurgisse l'escalier de bois, les sols qui tanguent à cause des linos entassés. Quand il tenait le petit texte à la main, Gil reprenait vie, elle était avec lui.

Composition : PCA/CMB.
Achevé d'imprimer
par l'Imprimerie Floch
à Mayenne, en décembre 2018.
Dépôt légal : décembre 2018.
Numéro d'imprimeur : 93589.

ISBN 978-2-07-277797-4 / Imprimé en France.

330771